JN075689
illustration✝しずまよしのり
魔
MAOH GAKUIN NO FUTEKIGOUSHA
不適合者14〈下〉
~史上最強の魔王の始祖、
転生して子孫たちの
学校へ通う~

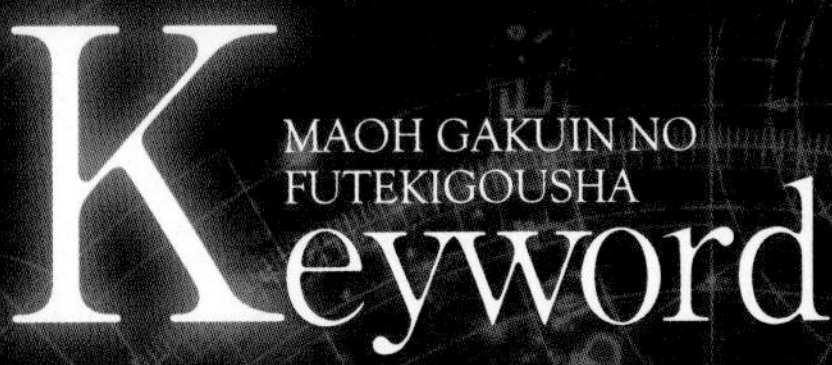

魔弾世界エレネシア

ミリティア世界の先代創造神であるエレネシアと同じ名前を持つ、《深淵総軍》が所有する世界。主神は神魔射手オードゥス、元首は大提督ジジ・ジェーンズ。

魔王

ミリティア世界においてはアノスの異名。しかし銀水聖海における《魔王》は、銀海史上初めて深淵魔法に到達した魔導の覇者、大魔王ジニア・シーヴァヘルドの後継者候補六名を指す称号である。

火露（ほろ）

世界が内包する力そのものであり、あらゆる根源の元となるもの。泡沫世界で滅びた人物の火露が世界から流出し、別の世界で転生する事例が確認されている。

銀滅魔法

ひとつの小世界から直接他の小世界を狙い撃つことのできる界間砲撃魔法。これにより滅びた根源は火露を汚染すると言われており、銀水聖海では使用はおろか研究すら禁忌とされている。

銀界魔弾（ゾネイド）

魔弾世界が開発し保有する銀滅魔法。その正体は小世界そのものを、そこに住む人々ごとひとつの弾丸に作り替え放つというおぞましいものだった。

魔王学院の不適合者14〈下〉

MAOH GAKUIN NO FUTEKIGOUSHA

～史上最強の魔王の始祖、転生して子孫たちの学校へ通う～

著†秋
illustration†しずまよしのり

魔王学院の不適合者

登場人物紹介

⚜ レイ・グランズドリィ

かつて幾度となく魔王と死闘を繰り広げた勇者が転生した姿。

⚜ ミサ・レグリア

大精霊レノと魔王の右腕シンのあいだに生まれた半霊半魔の少女。

⚜ シン・レグリア

二千年前、《暴虐の魔王》の右腕として傍に控えた魔族最強の剣士。

⚜ イザベラ

転生したアノスを生んだ、思い込みが激しくも優しく強い母親。

⚜ グスタ

そそっかしくも思いやりに溢れる、転生したアノスの父親。

⚜ エールドメード・ディティジョン

《神話の時代》に君臨した大魔族で、通称"熾死王"。

鍛冶世界 バーディルーア

序列三位。よろず工房が支配する鍛冶師たちの世界。

傀儡世界 ルツェンドフォルト

序列四位。傀儡皇が支配する人形にまつわる魔法が発展した世界。

災淵世界 イーヴェゼイノ

元序列五位。災人が住まい支配する渇望の獣が闊歩する世界。

Maoh Gakuin no Futekigousha
Characters introduction

【魔王学院】

アノス・ヴォルディゴード

泰然にして不敵、絶対の力と自信を備え、《暴虐の魔王》と恐れられた男が転生した姿。

ミーシャ・ネクロン

寡黙でおとなしいアノスの同級生で、彼の転生後最初にできた友人。

サーシャ・ネクロン

ちょっぴり攻撃的で自信家、でも妹と仲間想いなミーシャの双子の姉。

エレオノール・ビアンカ

母性に溢れた面倒見の良い、アノスの配下のひとり。

ゼシア・ビアンカ

《根源母胎》によって生み出された一万人のゼシアの内、もっとも若い個体。

エンネスオーネ

神界の門の向こう側でアノスたちを待っていたゼシアの妹。

学院同盟
パブロヘタラ

銀水聖海に秩序をもたらすべく作られた、様々な世界が加盟している同盟。

魔弾世界
エレネシア

聖上六学院序列一位。深淵総軍が支配する軍隊然とした世界。

聖剣世界
ハイフォリア

序列二位。狩猟義塾院が支配する剣と騎士道の世界。

§32.【深淵(しんえん)総軍】

火口をそのまま降りていき、地下基地へと入った。

俺の声は届いているはずだが、未(いま)だ大提督からは応答がない。

《極獄界滅灰燼魔砲(エギル・グローネ・アングドロア)》にて灰に変わった隔壁をいくつも通過すると、床が見えてきた。俺とコーストリアはそこに降り立つ。

ぐるりと周囲を見回すと、暗闇の向こう側が僅かに光った。

唸(うな)りを上げて迫ってきた十数発の魔弾を飛び退(と)いて回避する。コーストリアが《災淵黒獄反撥魔弾(レイル・フリーエル)》にて応射した。

すぐさま敵はそこをめがけて魔弾を連射する。魔力を吸収しながら反射する《災淵黒獄反撥魔弾(レイル・フリーエル)》は、敵の魔弾に当たって幾度も跳ね返り、それに誘導されるように俺とコーストリアに戻ってきた。

「《災淵黒獄反撥魔弾(レイル・フリーエル)》」

俺が放ったその魔弾で、戻ってきた《災淵黒獄反撥魔弾(レイル・フリーエル)》を相殺(そうさい)する。

「こちらは深淵(しんえん)総軍、二番隊隊長アビニカ・ガモン」

声の方向に俺は視線を向ける。ギーと同じく深淵(しんえん)総軍の軍服を纏(まと)った男がマスケット銃を構えていた。

「同じく三番隊隊長ガウス・ジスロー」

もう一人の男は、両腕に大砲を持ち、やはりこちらへ狙いを向けている。

「我々は貴様たちを滅殺する戦力を有している。ただちに魔力武装を解除し、投降せよ。捕虜としての待遇を保証する」

それが義務だと言わんばかりにアビニカは警告を発した。

「いいだろう。絵画世界アプトミステへの《銀界魔弾》発射を止めれば、話は聞いてやる」

「我々はいかなる銀滅魔法をも保有していない。ただちに魔力武装を解除し、投降せよ」

アビニカはそう繰り返す。

「信用できない。証拠を見せて」

コーストリアが言った。

「あと《填魔弾倉》をちょうだい」

アビニカとガウスは表情を崩さない。だが、憤りをあらわにするように、その魔力が揺れた。

神魔射手オードゥス――自らの主神の権能をよこせと言われ、心中が穏やかであるはずもない。

「こいつの言うことは気にするな。持っていないというのならば、調べさせてもらおうか？」

「我々の要求は一つだ。ただちに魔力武装を解除し、投降せよ」

にべもなく答え、アビニカはマスケット銃に魔法陣を描く。魔力の粒子が、銃口に集中した。

「我々は貴様たちを滅殺する戦力を有している」

ゆるりと奴らを睥睨し、俺は言った。

「足りぬ」

瞬間、アビニカのマスケット銃が光った。

同時に俺は、《創造建築(アイリス)》にて小さな人形を数体作り、それを奴(やつ)らに向かって飛ばす。

「《覇弾雷魔電重砲(ドグダ・ベドモンド)》」

アビニカのマスケット銃から雷光とともに雷の魔弾が疾走し、俺が作った人形を撃ち抜いた。

間断なく連射される魔弾は更にコーストリアに迫る。彼女は広げた日傘に反魔法を重ねて受け流す。

「コーツェ」

「はいはい」

《災禍相似入替(バシュッツ)》の魔法で、俺はアビニカの背後に入れ替わった。《思念平行憑依(リクスネス)》にて人形を操り、奴(やつ)に接近させておいたのだ。

「《深源死殺(ベブズド)》」

アビニカが振り向いた瞬間、漆黒の指先をその左胸に突き出す。

だが、刺さらぬ。まともに当たれば、災人イザークとて切り裂く指先は、奴(やつ)の胸板一枚に阻(はば)まれている。

硬い？　違うな。

《深源死殺(ベブズド)》が本来の力を発揮できぬのだ。ベラミーが言っていた魔弾世界の秩序だろう。魔弾など魔法砲撃以外の力が、この世界では極端に弱い。

「第七エレネシアではさほど感じなかったがな。第一エレネシアこそが、魔弾世界本来の秩序というわけか」

「警告はした」

奴(やつ)は俺の顔面に銃口を突きつけた。

「我々は貴様たちを滅殺する戦力を有している」

至近距離で《覇弾雷魔電重砲(ドグダ・ベドモンド)》が炸裂(さくれつ)し、雷を伴った大爆発が巻き起こる。

「俺も言ったはずだ」

爆煙の中から、ぬっと手を伸ばし、アビニカの頭をわしづかみにする。

「足りぬ、と」

頭をつかんだまま、《覇弾炎魔熾重砲(ドグダ・アズベダラ)》を放つ。蒼(あお)き恒星がその場で爆発し、炎が奴(やつ)の体を飲み込んでいく。更に二発、三発と至近距離でその魔弾をアビニカに撃ち込み続けた。

だが――

「以前もそれを試したはずだ、二律僭主」

アビニカが言う。《覇弾炎魔熾重砲(ドグダ・アズベダラ)》を至近距離で数発食らっておきながら、奴(やつ)はほぼ無傷。その強固な反魔法を突破するには至らない。

「《覇弾雷魔電重砲(ドグダ・ベドモンド)》！」

奴(やつ)は俺の土手っ腹に銃口を突きつけ、魔弾を連射した。

ジジジジジッと空気を切り裂くような雷鳴が響き渡る。発射の反動で奴(やつ)は俺の手を振り払った。

着地するより早く、奴(やつ)は叫んだ。

「ガウスッ!!」

　コーストリアと交戦中だったガウスが体を反転させ、両腕の大砲を俺に向けた。

　多重魔法陣が展開され、二つの大砲が連結される。一つの砲塔と化した銃口に、膨大な魔力が集中し、青き粒子が波打った。

　この魔法は、知っている。イーヴェゼイノ襲来の際、《破滅の太陽》と《創造の月》を撃ち抜いた魔弾――

「《魔深流失波濤砲(ベレニツィア・ノイン)》ッ!!」

　青き魔弾が激しい音を響かせながら一直線に飛来する。

　俺は左手を《魔深流失波濤砲(ベレニツィア・ノイン)》に向けた。

「《掌握魔手(レイオン)》」

　夕闇に染まったその手で、青き魔弾を握りしめる。それを圧縮し、更に威力を増幅していく。

「魔弾の反魔法には自信があるようだが、これならばどうだ？」

　着地したアビニカに、そのまま《掌握魔手(レイオン)》で増幅した《魔深流失波濤砲(ベレニツィア・ノイン)》を投げつける――その寸前だった。

　確かにつかんだはずの魔弾が、不自然な大爆発を引き起こした。

「このっ!!」

　背を見せたガウスにコーストリアが《災淵黒獄反撥魔弾(レイル・フリーエル)》を直撃させる。

　しかし――

「《魔弾防壁(ゴルロム)》」

　張られたその強固な反魔法は破れず、ガウスは無傷だった。

「むかつくっ」

苛立(いらだ)ったようにコーストリアは日傘に無数の《災淵黒獄反撥魔弾(レイル・フリーエル)》をぶらさげていく。

「よせ」

アビニカが視線を険しくする。

奴(やつ)は油断することなく、《魔深流失波濤砲(ベレニツイア・ノイン)》の爆炎に銃口を向けたままだ。

この程度では俺が死なぬのは承知しているとばかりに。

そう、こいつらは知っているのだ。

二律僭主を。

ゆえに、《掌握魔手(レイオン)》にて魔弾を投げ返す前に爆発を起こした。

「《魔深流失波濤砲(ベレニツイア・ノイン)》は、《掌握魔手(レイオン)》を封じる魔法か」

「貴様の情報は深淵(しんえん)総軍全隊に引き継がれ、研究されている」

ゆえに勝ち目はない、と言いたいのだろう。

いつの話か知らぬが、かつて二律僭主は魔弾世界エレネシアと一戦を交えた。このアビニカとガウスが直接戦ったとは限らぬが、そのときの情報をもとに、《掌握魔手(レイオン)》を解析し、対抗手段となる魔法を開発したのだろう。

アビニカの使った魔弾、その術式からして、《覇弾炎魔熾重砲(ドグダ・アズベグラ)》は魔弾世界エレネシアの魔法だ。恐らくは二律僭主が盗んだのだ。

「ねえ」

飛んできたコーストリアが、すっと俺の隣に着地する。

「いつまでよせばいいの？」

「奴らの反魔法、《魔弾防壁》といったか。あれは魔弾にのみ強固な力を発揮する。並の魔法砲撃で撃ち抜くことはできぬ」

アビニカとガウスは銃に魔法陣を描き、そこに魔力を溜めている。

「魔弾じゃなきゃいいわけ？」

「魔弾世界以外でならな」

剣や槍なら《魔弾防壁》は素通りする。ハイフォリアやイーヴェゼイノでならば、接近戦を仕掛けた時点で勝機は見えるだろうが、この魔弾世界の秩序では、魔弾以外はまともな威力を発揮できぬ。

「第一エレネシア防衛戦において、深淵総軍は不敗。魔力武装を解除し、投降せよ」

アビニカが言う。

「これは最後の警告だ。我々は無駄弾を撃つのは好まないが、平和主義ではない」

「ならば、もう一度、《魔深流失波濤砲》で来い」

軽く手招きし、俺は《掌握魔手》を発動した。

「一発で終わらせてやる」

§33.【滅びの廃球】

アビニカとガウスは銃口をこちらへ向けたまま、魔眼を光らせている。軍人らしく、その顔に油断は微塵もない。

さて、乗ってくるかどうか？

泰然と構えていると、先に業を煮やしたのは味方の方だった。

『なにを企んでるの？』

コーストリアが《思念通信》にて、そう問い質す。なんの説明もないことが気に障ったか、不満を隠そうともしていない。

『俺の真似をしろ』

彼女の方を振り向きながら、そう答えた。

『得意分野だろう？』

俺の視線が深淵総軍の二人から完全に切れた瞬間、ガウスが地面を蹴った。猛然と突進するその勢いこそ凄まじいが、ここは魔弾世界エレネシア、体当たりでは決め手になるはずもない。

つまり、警戒すべきは両腕の大砲のみだ。

俺がそこへ視線を注ぐと、目前でガウスは真横に跳ねた。直角に曲がり、奴が大砲で狙ったのはコーストリアである。

「撃つしか能がないくせに」

打突などの直接攻撃は食らっても構わぬというのがエレネシアでの戦い方だ。しかし、頭でそれがわかっていても、あれだけの勢いで迫れば体に染みついた戦闘技術が咄嗟に反応してしまう。

ガウスはその不慣れをつくつもりだったのだろうが、しかし、目前まで迫ろうとも、コーストリアは反射で動くことなく、大砲だけを警戒している。

その大砲をガウスは真後ろに向けた。

俺に狙いを変えるつもりかと思ったが、違う。奴はそのまま両の大砲に魔力を集中する。

「《熾身弾魔銃砲》ッ!!」

大砲から膨大な魔力を噴射しつつ、青き炎を体に纏う。急激に加速したその姿は、さながら一発の弾丸だった。

己の五体を魔弾と変える肉弾魔法。地の利を生かし、ガウスはコーストリアの知らぬ戦法にて有利をとり、回避不可能なタイミングで突っ込んだ。

だが――

「《災禍相似入替》」

間一髪、コーストリアは床に転がっていた人形と自らの体を入れ替える。

その直後だ。

「《熾撃身弾魔銃砲》」

アビニカがマスケット銃から蒼き魔弾を撃ち放つ。それはガウスに直撃し、その軌道を変えた。

《熾撃身弾魔銃砲》は他者を魔弾として撃ち放つ魔法だろう。それに撃たれ、再び魔弾と化したガウスはそのままコーストリアに激突した。

「ぐっ、あぁっ……！」

ガウスの巨体に押し潰されるが如く、コーストリアは地面にめり込む。全身がミシミシと軋み、その口からは血がどっと溢れ出した。

「とどめだ」

コーストリアに馬乗りになりながら、ガウスはその大砲を彼女の顔面に突きつけた。

青き粒子がそこに集中する。

「《魔深流失――」

「《熾身弾魔銃砲》」

ガウスの先程使った魔法を、俺はそっくりそのまま模倣した。

青き魔力を噴出し、ぐんと体が加速する。五体を魔弾と化したまま、コーストリアに跨がるガウスを蹴っ飛ばした。

「ごほぉっ……！！！」

弾け飛んだ奴はそのまま壁にめり込んだ。追撃とばかりに、俺は魔法陣を描く。

「魔弾に特化した反魔法だ。《魔弾防壁》は自分が撃つときは使えまい」

《覇弾炎魔熾重砲》を発射する。蒼き恒星が光の尾を引く。その前に、マスケット銃を構えたアビニカが立ちはだかった。

すでに魔力の充填は終わっている。

「《魔深流失波濤砲（ベレニッツィア・ノイン）》」

青き魔弾が蒼（あお）き恒星を一瞬で貫き、俺の鼻先に押し迫る。俺と彼女が一直線に並ぶこの瞬間を、身をかわせば、後ろにいるコーストリアに直撃する。

アビニカは狙っていたのだろう。

「《掌握魔手（レイオン）》」

夕闇に染まった両の手を、その青き魔弾の前に差し出す。先刻と同じだ。《掌握魔手（レイオン）》に触れるなり、バチバチとけたたましい音を立てる《魔深流失波濤砲（ベレニッツィア・ノイン）》は、今にも爆発しそうなほどに暴走を始めた。

「投げ返せるものか、もう一度試してみるか、二律僭主」

挑発するようにアビニカが言う。

俺が投げ返すのに失敗し、コーストリア諸共（もろとも）爆発に飲み込ませるのが奴（やつ）の狙いだろう。たとえ二律僭主を倒すまではいかずとも、アーツェノンの滅びの獅子（しし）には相応の傷を負わせることができる。

しかし――

「投げ返す？　なんのことだ、アビニカ」

《掌握魔手（レイオン）》の両手で柔らかく受け止め、俺はその魔弾をふんわりと浮かせていた。

俗に言う、オーバーレシーブである。

「《掌握魔手（レイオン）》とはそのような底の浅い魔法ではない」

さながらボールの如(ごと)く、その破壊の塊はかつてないほどゆっくりと宙を漂い、コーストリアのもとへ流れていく。

その角度、高さ、速度、すべてが狙い通りであった。

「来い、コーツェ。俺にもってこい」

先程の俺の言葉を思い出したのだろう。はっと気がついたように、コーストリアは《転写(てんしゃ)の魔眼(まがん)》を使う。

彼女の周囲に浮かんでいる漆黒の眼球に、《掌握魔手(レイオン)》の魔法陣が描かれていた。

「命令しないでっ」

不服を訴えながらもコーストリアは夕闇に染まった両手で、ゆっくりと落ちてくる青き魔弾にそっと触れる。

だが、つかみはしない。つかめば、《魔深流失波濤砲(ベレニツイア・ノイン)》の術式が反応し、その場で爆発するだろう。

では、どうするか？

答えは先程、俺が見せた通りだ。彼女は《掌握魔手(レイオン)》にてその破壊の力を十分に増幅させつつも、青き魔弾を真上にトスしたのだ。

無論、タイミングは完璧だ。

青き魔弾のトスよりも早く、俺は踏み込み跳躍していた。

弓を引くように、思いきり振り上げた右腕の前に、高速で《魔深流失波濤砲(ベレニツイア・ノイン)》が上がってきた。

「覚えておけ、アビニカ」

電光石火の如く、俺は青き魔弾に夕闇に染まった右手を叩きつける。

カッと辺りが閃光に包まれた。

レシーブ、トス、アタック。三度の《掌握魔手（レイオン）》により、極限まで威力の増した《魔深流失波濤砲（ベレニッツィア・ノイン）》は、地下基地を真っ青に染め上げる。

耳元で世界が破裂したような轟音が鳴り響き、破壊の塊がアビニカとガウスが張り巡らせた《魔弾防壁（ゴルロム）》に直撃した。

一瞬だ。

魔弾に特化したその反魔法が一瞬、青き魔弾を食い止めた。しかし、その次の瞬間には木っ端微塵に砕け散り、アビニカとガウスに着弾した。

青き爆発が巻き起こった。

外壁という外壁が砂に変わっては消滅し、地下基地がガタガタと脆くも崩れていく。火山要塞デネブが大きく悲鳴を上げた。

「これが、廃球（バレー・ボール）だ」

行き場をなくした噴煙が火山要塞からどっと溢れ出す。

《魔深流失波濤砲（ベレニッツィア・ノイン）》の余波が火口から噴出し、雲という雲を貫いていた。

蹂躙と呼ぶに相応しい威力。まさに滅びの廃球であった。

爆心地で食らったアビニカとガウスは《魔弾防壁（ゴルロム）》と魔弾への耐性のおかげで、まだかろうじて息がある。

アレを食らって人の形を保っているとは、なかなかどうして精鋭揃い(ぞろい)のようだ。とはいえ、戦闘の継続は不可能であろう。

「ぐ……あ……………」

呻(うめ)き声を上げながらも、ガウスは俺を見た。

その魔眼(め)にてじっと仮面を注視している。

「深淵(しんえん)総軍の分析は……完璧だった………」

「…………貴様、本当に……二律僭主か……………？」

その疑問はある意味正しいが、どうだろうな？

いかに対抗手段を講じようとも、二律僭主がこの二人に敗れたとは思えぬ。

ロンクルスの記憶で見たきりだが、あの男にはそれほどの力があった。

「残念だが」

最早(もはや)、立ち上がることすらできぬ二人に、俺はフッと笑ってみせた。

「魔法だけではなく、球遊びの研究もしておくべきだったな」

§34.【格納庫】

火山要塞デネヴ、地下二〇〇〇メートル地点。

《魔深流失波濤砲(ベレニツィア・ノイン)》が青き爆発を引き起こした頃、ミーシャ、サーシャ、イージェスは創造神エレネシアに会うため、通路を駆けていた。

派手に暴れてやったのが功を奏したか、今のところ敵とは遭遇していない。

「……今の……最初の《極獄界滅灰燼魔砲》よりすごくなかった……？」

離れていても伝わってくる戦いの苛烈さに、サーシャは息を呑む。

隣を走っているミーシャが神眼を光らせていた。

「アノスの魔力じゃない」

「いらぬ心配よ」

冥王は低い声で断言する。

「魔王が派手に暴れているのは陽動のため。こちらの動きをとりやすくしているだけのこと」

「……わかってるわよ……」

それでも、想定以上に深淵総軍の反撃が激しいとサーシャは言いたげだった。

だが、心配したところでどうすることもできぬ。

彼女は頭を切り替え、妹に問うた。

「ミーシャ。創造神の居場所は？」

「もう少し。この道をまっすぐ」

通路の先に見えてきた扉をイージェスが魔槍にて切り裂く。その先にあったのは、広大な空間だ。巨大な戦艦がいくつも見えた。

「格納庫……よね？」

「ん」

ボイジャーの調査によれば、深淵総軍は格納庫付近で待機している。

イーヴェゼイノ襲来時、創造神エレネシアは一番隊の戦艦に乗っていた。となれば、ギーのいる一番格納庫にいる可能性が高い。

「ここは四番格納庫みたいね。たぶんだけど」

壁には数字の四が大きく刻まれている。また要所要所に四の数字が記されていることからも、その予想は正しいだろう。

「あっち」

ミーシャが指さした方向に、彼女たちは走っていく。

敵の気配はない。

それが逆に不気味に感じられたか、サーシャは表情を険しくする。

三人はいつ敵の魔法砲撃を受けてもいいように、全身で周囲を警戒していた。

「けっこう進んだけど、あとどのぐらいかしら？」

「わからない。でも、近い」

「敵が全員、あっちに引きつけられてればいいんだけど……」

ミーシャとサーシャがそんな会話を交わした直後、魔力の粒子が視界の隅にちらついた。

「飛べっ！」

冥王がそう指示を出し、ミーシャとサーシャは左右に飛び退いた。魔弾が床に着弾し、爆発を巻き起こす。

「……やっぱり、そう都合よくはいかないわよね」

サーシャとミーシャは身構える。イージェスは魔弾を撃ってきた方向に槍の穂先を向け、僅かに腰を落とした。

姿を現したのは、軍服を纏った兵士たちだ。

全員で一六名。それを確認するなり、冥王は言った。

「行くがよい。ここは余が引き受ける」

「二手に分かれるのは危険」

ミーシャが淡々と反論する。

「《銀界魔弾》の照準がミリティア世界に向くまでが勝負よ。慎重を期そうと、帰るべき場所をなくしては詮無きこと」

絵画世界アプトミステにも、いつ三射目が撃ち込まれるかわからぬ。奴らがレイたちごと世界を滅ぼす気になれば、それを防ぐのは至難だ。

この先は、より迅速な行動が鍵となるだろう。

「見たところ雑兵ばかり。後れはとらん。行けっ！」

イージェスが紅血魔槍ディヒッドアテムを突き出す。槍の穂先は次元を超え、兵士が撃とうとした魔弾に突き刺さった。

暴発し、爆炎が敵を呑み込む。

ミーシャとサーシャは視線を交わし、こくりとうなずいた。

「任せたわっ！」

「無理しないで」

兵士たちに背を向けて、二人は格納庫の奥へと駆け出した。

「逃がすな。撃てっ！」

奴らは魔法陣を描き、ミーシャとサーシャめがけ魔弾を連射する。

「紅血魔槍、秘奥が肆――」

巨大な血の門がそこに出現する。それはこれまでよりも更に大きく、そして強力な魔力を秘めている。

多様な世界での戦闘を経て、研鑽を積んだことにより、ミリティア世界にいたときよりも冥王の実力は数段増している。

その言葉通り、いかに敵が魔弾世界エレネシアが誇る深淵総軍といえど、雑兵如きには後れをとるまい。

「――《血界門》！」

血の門が開かれる。兵士たちの放った数十発もの魔弾がそこをくぐった瞬間、次元に飲まれて消えた。

次の瞬間、その魔弾は奴らが布陣を敷くその場所に出現する。

「くっ……!!」

奴らが気がついた瞬間、魔弾は爆発した。

「ぐっ、ぬうっ……!!」

「次元術式の使い手か……」

隊長クラスほどの反魔法は使えぬものの、それでも兵士たちもかなりのレベルだ。《血界門》

にて返された魔弾が直撃した者もいるが、軽傷である。

「くるがよい、深淵総軍」

腰を落とし、イージェスは静かに魔槍を構えた。

兵士たちは魔法陣を描きながらも、しかし魔弾を撃つことはない。撃てば先程同様、《血界門》にて別次元に飛ばされ、そして奴らのもとへ返される。

無論、イージェスも《血界門》の内側からは、紅血魔槍の次元を超える力は制限される。

両者は睨み合いとなったが、それはイージェスにとっては好都合だ。彼の目的は、ミーシャとサーシャが創造神エレネシアに会うまでの時間を稼ぐこと。敵を討つ必要はないのだ。

膠着状態でも顔色一つ変えぬイージェスに不穏さを覚えたか、兵士たちはすぐさま決断を下した。

「反次元術式を構築する。全隊、突撃っ！」

魔法陣の砲塔を構えたまま、一六名の兵士たちが突っ込んでくる。《血界門》の外に出れば、間髪を容れずに魔弾が飛んでくるだろう。冥王はその場で迎え撃つ。

兵士の一人目が《血界門》をくぐる。本来ならば、その瞬間に歪んだ時空が体を後方へと飛ばす。だが、兵士は魔法陣の砲塔を床に向け、魔弾を放っていた。

「《反次元陣地》」

その魔弾が薄く引き延ばされるように、床を緑に染めた。次元魔法に反するそのエリアでは、《血界門》の効果が及ばない。

「ぬんっ！」

すかさず、イージェスが兵士の体を貫く。鮮血が散ったが、その魔槍は骨で止まった。魔弾世界エレネシアの秩序では、槍の力を十分に発揮することはできぬ。

「はっ！」

槍を引き抜くようにしながら薙ぎ払い、イージェスは兵士の腕を斬り裂いた。やはり致命傷には至らぬが、狙いは魔法術式を乱すことだ。

しかし《反次元陣地》が解除されたのも束の間、すでに門の内側に入った兵士ら数名が新たな《反次元陣地》を展開していた。

奴らはイージェスに直接攻撃を仕掛けることなく、まずは彼の陣地を崩しにかかっている。目にも留まらぬ突きが兵士を貫く。一呼吸で五人の兵を串刺しにしたが、最後の一名の体から魔槍が抜けなかった。そいつは槍の柄をつかみ、命令を発した。

「撃てっ!!」

全員が《血界門》の内側に足を踏み入れ、魔法陣の砲塔をイージェスへと向けた。

瞬間、イージェスの体から血が噴き出す。

兵士は目を見張った。冥王の体の内側から槍が突き出されていたのだ。

「紅血魔槍、秘奥が漆——」

溢れ出した血がもう一つの《血界門》を冥王の後方に構築した。バタンとその扉が閉まり、兵士たちは二つの門に挟まれていた。

「——《血地葬送》」

門と門の間に血の池が作られ、兵士たちの体が沈んでいく。

「こ、これは……!?」

「《反次元陣地》を全開にしろっ！　次元の歪みに呑み込まれるっ！」

「だめですっ！　《反次元陣地》の術式ごと呑み込まれ……!!」

「させるかぁっ……!!」

最後のあがきとばかりに、兵士たちはイージェスに魔弾を連射する。だが、足下が呑まれる中では正確に狙いを定めることはできず、それらは体をかすめるばかりだ。

「く、そ………」

なんとか這い上がろうと、奴らは手を頭上へ伸ばす。

しかし、それすらも血の中に呑み込まれていき、一六名の兵士たちはなすすべなく《血地葬送》に沈んだ。

そのとき――

「《魔深流失波濤砲》」

青き魔弾が直進し、冥王は思いきり飛び退いた。

視界が青一色に染められ、耳を劈く大爆発が巻き起こる。

イージェスはその隻眼を険しくした。

噴煙が立ち上る中、《血界門》に切断跡が走った。ぐらり、と門の上部がズレ、それが切り落とされる。

《血地葬送》の効果が消え去り、兵士たちは次元に呑み込まれることはなかった。

「転生世界ミリティア、魔王学院のイージェスだな？」

現れたのは二人だ。

《魔深流失波濤砲(ベレニツィア・ノイン)》を放ったのは、大砲の義手をつけた男。

「自分は深淵(しんえん)総軍、四番隊隊長、ゼン・ボウス」

もう一人は、《血界門(けっかいもん)》を斬り裂いた制帽の軍人。その実直な顔は、これまでに何度も見た。

「深淵(しんえん)総軍、一番隊隊長ギー・アンバレッド」

ギーは魔法陣を描き、銃口をイージェスへ向けた。

「投降すれば、捕虜としての扱いを保証する」

溢(あふ)れる血から新しく紅血魔槍ディヒッドアテムを作り、冥王はそれを整然と構える。

「それはできぬ相談というものよ」

§35. 【骨の魔槍】

一歩、イージェスが足を踏み出せば、赤き槍が疾走した。

「紅血魔槍、秘奥(ひおう)が弐――《次元衝(じげんしょう)》」

一番隊隊長ギー、四番隊隊長ゼンに、穴が穿(うが)たれる。本来ならば、その穴の中に吸い込まれるはずの二人は、しかし平然と魔法陣を描く。

「「《覇弾炎魔熾重砲(ドグダ・アズベダラ)》」」

蒼(あお)き恒星が二方向から連射される。

「《次元閃》」

雨あられの如く降り注ぐ《覇弾炎魔熾重砲》に、紅き槍閃が走った。

その魔弾は次元の彼方に飛んでいく。だが、その直後、イージェスの周囲で青き爆発が巻き起こった。

「むう……!?」

咄嗟に飛び退いたイージェスだが、爆発を避けきれず負傷している。

紅血魔槍の秘奥が十全に力を発揮できぬのは、魔弾世界エレネシアの秩序によるものだろう。格下相手ならばいざ知らず、深淵総軍の隊長クラスとなればそれが如実に表れる。

《血界門》や《血地葬送》が容易く破られたのも、それが魔槍の秘奥であるからだ。

このエレネシアで魔弾以外を用いて戦う限り、不利は否めない。

「死ね」

至近距離からの声を聞き、イージェスがその隻眼を険しくする。爆風に紛れ、いつの間にか背後をとったゼンが義手の大砲を向けていた。そこに魔法陣が描かれ、膨大な魔力が集中していく。

「遅い！」

イージェスは振り向かず、自らの脇の下を通すようにして背後のゼンに槍を突き刺す。

寸分の狂いなく、狙ったのは彼の右眼だ。冥王は《深撃》を使い、そこに致命的な一撃を叩き込んだ。

「槍の不利を過信し、近づきすぎるは愚の骨頂よ」

「過信ではない。事実だ」

冥王は表情に険しさを増す。《深撃(ゼルス)》を込めた渾身(こんしん)の一突きは、しかしゼンの右眼(みぎめ)すら貫くことができなかった。

イージェスの顔に突きつけられた義手の大砲から魔弾が放たれる。

「《魔波貫通刃弾砲(シュゼルツ・ゼイン)》！」

反魔法を容易(たやす)く貫き、イージェスの腹部に突き刺さったのは刃状の弾丸だ。それは鋭く体内を抉(えぐ)り、血を滴(したた)らせる。

歯を食いしばり、冥王はどうにかそこに踏みとどまる。それも束(つか)の間(ま)、追撃とばかりにギーが放った《覇弾雷魔電重砲(ドグダ・ベドモンド)》が、その刃弾を撃ち抜いた。

「ぐ、ぬぅっ……!!」

刃弾を伝い、雷の弾丸はイージェスの全身を内側から焼いた。《魔波貫通刃弾砲(シュゼルツ・ゼイン)》は反魔法を無効化するためのくさびなのだろう。

それが刺さっている限り、魔弾を遮断するのは難しい。

「ぬあぁっ!!」

冥王は引くことなく、《次元閃(じげんせん)》にて反撃する。赤き槍閃(そうせん)が疾走するも、ゼンは左腕一本でそれを容易(たやす)く受け止めた。

傷はつけられず、時空に飲み込むこともできない。

イージェスを見下ろしながら、ゼンの口元が僅かに笑う。

「魔弾世界に侵入したのが運の尽きだっ!!」

再びゼンの大砲に魔力が集中する。至近距離にて狙いを定め、それが放たれる瞬間だった。

イージェスの隻眼がぎらりと光る。

「《深撃(ゼルス)》」

槍の穂先が次元を超える。だが、どこを狙おうとも無駄と判断したか、ゼンは避けようともせずに魔弾の発射に集中する。

青き魔力が集中するその魔法は、《魔深流失波濤砲(ベレニツイア・ノイン)》。この至近距離で直撃すれば、冥王とて跡形も残るまい。

青き魔砲から火花が散る。それと同時に、次元を超えた槍の穂先がイージェスの真後ろに出現した。

渾身(こんしん)の《深撃(ゼルス)》にて突き出されたその槍は、寸分の狂いなくイージェスの体に突き刺さった刃弾を捉える。

「なにっ……!?」

ゼンが大きく目を見開く。

イージェスの体から勢いよく押し出された《魔波貫通刃弾砲(シュゼルツ・ゼイン)》は、青き魔力が集中する大砲の口を貫いた。

耳を劈(つんざ)く轟音(ごうおん)とともに、真っ青な爆発が巻き起こる。

「……貴様…………！」

爆炎が迸(ほとばし)る中、床に片膝を突きながら、ゼンは冥王を睨(にら)んでいる。

義手の大砲は《魔波貫通刃弾砲(シュゼルツ・ゼイン)》と《魔深流失波濤砲(ベレニツイア・ノイン)》の暴発により、ボロボロになっており、奴(やつ)自身もかなりの深手だ。

咄嗟(とっさ)に《魔弾防壁(ゴルロム)》を張ったようだが、僅かに槍の方が早かった。イージェスに魔弾はないと判断したのが仇(あだ)となったのだろう。

自らに刺さった刃の魔弾を飛ばしてくるとは、予想だにしなかったのだ。

「それが過信ということよ」

イージェスは整然と槍を構える。

すると、彼の背後に《血界門(けっかいもん)》が現れた。直後、《覇弾雷魔電重砲(ドグダ・ベドモンド)》がそこに直撃する。

ギーの魔法砲撃だ。あっという間に《血界門(けっかいもん)》は破壊されていくが、冥王はその射線上にゼンが来るように巧みに移動した。

冥王が避ければその魔弾はゼンに当たる。万全の状態ならば大した問題でもないだろうが、深手を負った今は、流れ弾すら命取りになりかねない。

絶妙な位置取りにて、ギーの援護射撃を最低限に封じながら、イージェスはまっすぐゼンへ接近していく。

「まずは一人」

二対一を続ければさすがに不利となる。

冥王はまず確実に一人を戦闘不能にすることを選んだ。

「後退！」

ギーの飛ばした指示に従い、ゼンは後方に下がりながら、《魔波貫通刃弾砲(シュゼルツ・ゼイン)》を発射する。

それをぎりぎりのところで見切ってかわすと、冥王の魔力が一瞬無となった。

「紅血魔槍、秘奥（ひおう）が肆（よん）――《血界門（けつかいもん）》」

刃弾の傷痕からどくどくと溢（あふ）れ出す大量の血液。それが魔力に満ちたかと思えば、巨大な門が八つ、冥王とゼンを囲むように出現した。

「紅血魔槍、秘奥（ひおう）が漆（しち）――」

八つの《血界門（けつかいもん）》が閉められ、それは結界を構築した。

「《血地葬送（ちちそうそう）》!!」

血の池がその場に出現し、ゼンの体が沈んでいく。

「ちぃっ……！」

《反次元陣地（リエイン）》の魔法を使い、ゼンは《血地葬送（ちちそうそう）》に対抗する。

その瞬間を狙いすまし、イージェスは《深撃（ゼルス）》の一突きを放った。

紅血魔槍が狙ったのは先程の攻撃にて生じた義手の亀裂だ。いかに魔弾世界にて、剣や槍の威力が本来の力を発揮できずとも、壊れかけたものを壊せぬほどでもない。

針の穴を射抜くような正確さで、その急所に寸分違わず槍を通し、《反次元陣地（リエイン）》を破壊する。貫いた義手ごと、ゼンの体をこの場に縫い留めた。

次元に飛ばされる力と、この場に引き留める力が同時に働き、奴（やつ）の体が引き裂かれていく。

「《覇弾炎魔熾重砲（ドグダ・アズベグラ）》！」

「ぬんっ！」

苦しい体勢で放とうとしたゼンの蒼（あお）き恒星を、イージェスは新たに生み出した紅血魔槍にて貫いていた。

その場で魔弾が爆発して、ゼンの左手が鮮血に染まる。

「ぐっ、むぅ……！」

「悪あがきはこれで仕舞いぞ。逝け」

ゼンの体が《血地葬送》に沈んだ。その瞬間、血の池が霧に変わっていく。

「……⁉」

イージェスが鋭い視線をそこへ向けた。

血の池が霧に変わり、消えていく。いや、血の池だけではない。八つの《血界門》もすべてが血の霧に変わった。

真っ赤な霧が周囲に立ちこめる中、奥には黒い人影がちらつく。

負傷しているゼンは捨ておき、イージェスは反射的にそちらに槍を構えていた。微かに見えたのは制帽の影。ギーだ。しかし、先程まではなにかが違う。奴はその手に棒状の武器を持っている。

《血地葬送》も《血界門》も、破壊するでもなく、一瞬にして無力化された。

ゼンにとどめをさすのを差し置いても、最大限の警戒をせざるを得なかった。

「来るがよい」

影がみるみる迫りくる。

小細工はせず、一直線にギーはイージェスに向かってきた。

魔弾世界エレネシアの住人であるはずの奴が挑んだのは、予想とは裏腹に接近戦だ。その出鼻に合わせるように、イージェスが《深撃》の魔槍を突き出す。

同じくギーがその棒状の武器を突き出した。

イージェスの紅血魔槍は《血界門》や《血地葬送》と同じく、血の霧へと変わる。一瞬の抵抗すらできず、魔槍が無効化されていくのだ。

彼の隻眼が捉えたのは、骨で作られた魔槍である。

「…………がっ……はっ…………」

鮮血が散った。

なす術もなく、骨の魔槍はイージェスの体を貫き、その根源の深淵に突き刺さっていた。

§36. 【創造神エレネシア】

細長い通路をミーシャとサーシャは走っていた。

「こっち」

分かれ道をミーシャは迷いなく右に入った。

広大な格納庫はいくつかの区画に分かれている。どこで敵が待ち伏せしているかもわからぬその場所を、二人は大胆に突き進んでいく。

時間をかければかけるほど、深淵総軍の足止めをしているイージェスが危うくなる。すでに二人が基地に侵入していることも知られている。追っ手も来るだろう。

ゆえに、慎重さよりも速度を選んだ。それが幸いしたか、今のところ二人は敵に遭遇していない。

「不自然よね」

走りながらも、サーシャが呟く。

「魔軍族の気配が全然ない？」

即座にミーシャは言葉を返した。

「魔弾世界の本拠地でしょ。アノスが暴れてるから、大半はあっちに引きつけられてるにしたって、さすがに静かすぎない？」

ぱちぱち、と瞬きをしてミーシャは僅かに目を伏せる。

「……罠？」

「それ以外に考えられる？」

神眼を目の前に向けながら、ミーシャは答える。

「深淵総軍に遭遇しないように誘導してくれてる」

「……創造神エレネシアが？」

サーシャが振り向けば、ミーシャはこくりとうなずいた。

「基地に入る前よりも、魔力がよく見えるから」

そう口にして、ミーシャが足を止めた。

「どうしたの？」

サーシャも立ち止まり、不思議そうに彼女を見た。

「ここ」

と、ミーシャは壁に手を触れた。その瞬間、なにもなかったはずのそこに魔法陣が浮かび、ドアが出現したのだ。ドアは二人を迎え入れるように開いていく。

「わたしたちを呼んでいるみたい」

淡々とミーシャがそんな感想を漏らす。

サーシャは表情を険しくして、開いたドアの向こうに視線をやった。

「……お母様っていっても、実感がないわ。アベルニユーのときだって一度も会ったことがないんだもの」

「わたしも一度。創世のときに、声を聞いただけ」

創造神エレネシアが、二人の娘を呼んでいる。それが喜ばしいことだと断定できるほど、彼女たちは母を知らなかった。

だが、なにが待ち受けていようと、今は進むしかない。

ミーシャとサーシャは再び走り出した。

「創造した声を残しておいただけで、そのときにはもう滅びていたんでしょ？」

「そのはずだった」

滅びたはずの創造神エレネシアが生きている。いかなる数奇な運命が彼女を救ったのか、今は予想することすらできない。

会って話を聞くしかないのだ。

通路を抜けると、その奥に巨大な戦艦が姿を現した。

ミーシャはサーシャと顔を見合わせ、こくりとうなずく。二人はそこへ向かって、まっすぐ歩いていく。

戦艦から魔力が放たれたかと思えば、床に魔法陣が描かれる。

サーシャが身構え、ミーシャはその神眼にて深淵を覗く。

「《転移》の魔法陣。たぶん、戦艦の中につながってる」

「入ってこいってことかしら？」

「罠じゃなければ」

サーシャがその魔法陣を睨む。

創造神エレネシアが味方という確証はない。もしも罠なら、その魔法陣で転移した先には、大量の敵が待ち構えているだろう。

「どっちだと思うの？　ミリティアは」

「あなたと同じ。アベルニユー」

静謐な声でミーシャが答えれば、サーシャは微笑した。

「行きましょ」

自然と手をつなぎ、二人はその魔法陣の上に乗る。

途端に視界が真っ白に染まり、次の瞬間、彼女たちは転移していた。

青を基調とした一室だ。

壁や天井はガラスでできており、目の前には階段があった。その先で、豪奢な椅子に座っているのは、長い銀の髪と白銀の瞳を有した神。ミーシャに似ているその顔だち、そして魔力から、二人には一目で彼女が創造神エレネシアだとわかったことだろう。

「愛しい我が子」

優しい声が室内に響き渡る。

静かに彼女が立ち上がれば、青い装束がふわりと揺れた。

「よくここまで来てくれた。ミリティア、アベルニユー」

静謐な顔に慈愛をたたえ、その神は言った。

「私は創造神エレネシア。あなたたちに会える日をずっと待っていた」

静かに足を踏み出し、エレネシアは階段を下りてくる。

目的があって、ここまで来た。

聞きたいことも山ほどあろう。

それでも、いざ会ってみれば、二人の口からはなに一つ言葉が出て来ない。ミーシャもサーシャも、ただ黙って彼女の姿を見つめることしかできないでいた。

初めて会う母の姿を、ただじっと――

「転生世界ミリティアを」

柔らかい口調でエレネシアは言う。

「私たちの銀泡を、私たちが救えなかったあの愛しい世界を、あなたたちは救ってくれた」

足を止め、エレネシアは娘たちの顔をまっすぐ見返す。

そうして、優しく、柔らかく、微笑んだのだ。

「魔弾世界から多くを知ることはできなかったけれど、あなたたちが過酷な運命に立ち向かっ

「あの世界が滅びることなく、今もなお美しく輝いていることこそ、なによりの証」

エレネシアの言葉にミーシャとサーシャは耳を傾けた。

その一言一言が、二人の胸にじんわりと染み入っていく。

どうしてだろう、と。

大きな疑問が離れない、そんな風な顔をしていた。

目の前で優しく語りかけるその人は、ただそうしているだけで彼女たちを優しく包み込んでいるかのようだ。

「ミリティア、アベルニユー」

戸惑う二人に、エレネシアは言う。

「あの世界は優しく、そして笑っている。あなたたちを誇りに思う」

同時にこぼれた涙は三つだった。

ミーシャも、サーシャも、創造神エレネシアも泣いている。

直接言葉を交わしたこともない母と子の、それでもそれは約束だったのだ。

彼女の母も、その母も、そのまた母も、転生世界ミリティアの創造神は滅びゆく世界を救おうと我が子に祈りを託し、そして同じ悲劇を目の当たりにしてきた。

唯一それを成し遂げたミリティアは、滅びた母に約束を果たしたことを伝えることすら叶わなかった。

そのはずだったのだ。

「会えないと思っていた」

ミーシャが言う。

だが、今目の前にいるのは紛れもなく彼女の母、創造神エレネシアだ。

魔力のつながりがある。ミリティア世界のはじまりを知っている。そして、なにより、共鳴する三人の根源が、彼女たちが親子であることを物語っていた。

「わたしは頑張った。お母さん」

「ええ。とてもよく」

「……なによ」

唇を震わせて、少しすねたようにサーシャが俯く。

「お母様はわたしには……声を残してくれなかったわ……」

「ごめんなさい、アベルニユー。なにも残してあげられなくて」

エレネシアはそっとサーシャの手を取る。

ぎこちなく固まった彼女の頭を撫でて、エレネシアは優しく抱き寄せた。

「ごめんなさい。なにもしてあげられなくて。それでも、あなたの幸せを毎日祈っていた」

母の胸に抱かれたサーシャの瞳から涙がはらりとこぼれ落ちる。

気丈な少女が、まるで幼子に戻ったかのようだった。

「あなたほど、破壊の秩序を抑えられる破壊神はいない。主神のいない転生世界が、あれほど整合を保っているのはあなたのおかげ。ありがとう」

「……………褒められるようなことじゃ……ないわ……それぐらい、やらなきゃ……」

そう照れくさそうに言ったサーシャの頭を、愛おしそうにエレネシアは撫でる。

「訊きたいことがたくさんある」

ミーシャが言った。

なぜ創造神エレネシアは滅びなかったのか。そして、なぜ魔弾世界の創造神となっているのか。銀滅魔法や大提督のこと。エレネシアに教えてもらいたいことは数多くある。

その中でミーシャは最初に、こう尋ねた。

「会いに来られなかったのは魔弾世界に囚われているから？」

「ええ」

はっきりとエレネシアは答えた。すると、彼女が抱いていたサーシャが顔を上げ、真剣な面持ちで言った。

「それじゃ、まずは一緒にここを出ましょう」

「話は後で」

ミーシャとサーシャがエレネシアに視線を向ける。

しかし、彼女はうなずかなかった。

「ごめんなさい。私は魔弾世界から出るわけにはいかない」

「どうして？」

「大提督だろうと、神魔射手だろうと関係ないわ。わたしとわたしの魔王様が、お母様を縛りつける鎖を滅ぼしてみせる。魔弾世界のすべてを敵に回したって」

ゆっくりと創造神エレネシアは首を左右に振った。

「あなたたちが転生世界で戦ったように、私もこの世界で戦わなければならない。私自身の力で」

そう口にしたエレネシアの瞳には揺るぎない決意が見て取れる。

「すべてを語る余裕はないかもしれない。あなたたちは、《銀界魔弾》を止めに来たはず」

「大丈夫」

ミーシャが言った。

「ぜんぶ聞かせてほしい。わたしたちの母の戦いを」

「……いつここに深淵総軍が来るかは私にもわからない」

エレネシアの言葉に、フッとサーシャは微笑んだ。

「危険だからって大切なことを後回しにしていたら、わたしたちの世界は救えなかったわ」

彼女は言った。

「転生世界ミリティアは、《銀界魔弾》を止めに来たんじゃない。ぜんぶ助けにきたの。わたしたちが守りたいものを、ぜんぶ」

エレネシアは目を丸くした後、優しい視線を向けた。

我が子の成長を嬉しくも、寂しくも思うそんな瞳で二人を見つめた後、彼女はそっと口を開く。

「愛しい我が子。あなたたちはとても強い。すべてを話そう。私が滅び去ったはずのあの日のことから――」

§37.【銀泡の弾丸】

一万四〇〇〇年前。

それは魔弾世界がまだテルネスと呼ばれていた頃の話だった。

暗い部屋に、銀の髪の少女が横たわっている。

創造神エレネシアだ。

彼女はゆっくりと意識を覚醒させ、目を開いた。ぼんやりとした光が、視界に入ってくる。

室内には六方晶系の青いクリスタルがいくつも浮かんでいた。見覚えのない場所、そしてあるはずのない時間だった。

「どうして……？」

エレネシアの口から、ぽつりと漏れたのは自問の声。

彼女は最期（さいご）の創造を行った。《源創（げんそう）の月蝕（げっしょく）》は彼女の子、新たな創造神ミリティアを産んだ。

創造した声のみを我が子へ遺（のこ）し、エレネシアは滅びた。そのはずだったのだ。今ここに、自らが存在していることが彼女は不思議でならなかった。

「生きているのはワガハイの権能ダ」

硬質な声が、室内に響き渡った。

はっとしたエレネシアは振り向く。そこに直立していたのは、九つの尾を持つ男だ。その尾は無機物であり、よくよく見ればマスケット銃のようでもあった。

全身にみなぎる魔力は、神のものに相違ない。

「キサマの根源に撃ち込まれた《鹵獲魔弾》は、滅びをきっかけにその力を発揮スル。根源の消滅を遅らせ、火露を鹵獲するのダ」

エレネシアは胸に手を当て、自らの根源を見つめる。男が口にした通り、彼女の根源には丸い宝石のような弾丸が食い込んでいる。そして、それが本来ならば滅び去っているはずのエレネシアに力を供給していた。

「つまり、キサマはこれにて、魔弾世界の住人となったのダ」

エレネシアの瞳が疑問に染まる。

「……魔弾世界というのは？」

「キサマは泡沫世界の住人、戸惑うのは無理もナイ。キサマが生きていた世界の外には、果てしない海が広がっていル。それこそが銀水聖海。そしてそこには数多無数の小世界が存在するのダ」

すぐには信じがたいことだった。

されど、目の前の男は神族であるにもかかわらず、エレネシアには見覚えがなかった。そして、その力は彼女の常識を遥かに超えている。エレネシアの神眼にはその片鱗が確かに映っていた。

「あなたは何者？」

エレネシアが問う。

「ワタシは魔弾世界が主神、神魔射手オードゥスであル。説明しよウ。キサマたちが知る由もなかったこの銀海の理を――」

オードゥスはエレネシアに銀水聖海のことを説明した。

主神や元首、適合者、不適合者、火露、そして彼女が創造したその世界が不完全な泡沫世界であることを。それがどうやら本当のことらしいと判断するのに、さほど時間はかからなかった。

エレネシアは滅びを避けられない運命だった。彼女の世界の理だけでは、彼女が生き延びた説明がつかない。

「……話は理解した。では一つ問おう」

エレネシアはその神眼をまっすぐオードゥスに向ける。

「なぜあなたたちは、あなたたちが不完全と呼ぶ泡沫世界の創造神を鹵獲した？」

「足りナイ」

エレネシアが疑問の表情を浮かべると、オードゥスが続けて言った。

「我が魔弾世界の創造神テルネスでは創造の力が足りないのダ。元々、この世界では創造の力が弱い。伸びしろがないといった方が正しいカ。今のキサマよりはマシかもしれないが、その力は上限に達しているのダ。滅びと新生を繰り返しても、期待するレベルには到達しナイ。最も効率的なのは、外から持ってくることダ」

オードゥスの尾が一本動き、青いクリスタルを指し示す。

「見るがイイ。これがなんであるか、創造神たるキサマにはわかるはずダ」

エレネシアが神眼を凝らし、そのクリスタルの深淵を覗く。

「……創造神の創った世界。とても小さな、根源が一万ほどの世界。あなたたちの言葉でいうなら、小型の銀泡でしょう。けれど、本来の世界以外にこれを創るのなら、創造神もただでは済まない。恐らくは根源を削っている」

その答えに満足したようにオードゥスがうなずく。

「我が世界では、これを弾丸に使ウ」

一瞬、エレネシアは眉をひそめる。

世界を弾丸にして撃つなど、彼女には想像しただけで怖気(おぞけ)が走ることだ。

「銀滅魔法《銀界魔弾(ソネイド)》。小世界を弾にし、小世界を撃ち抜く魔弾ダ。目下、魔法実験の最中だが、弾丸に足る水準の小型銀泡が創れナイ」

厳しい面持ちでエレネシアは問うた。

「……私にそれを創らせる、と？」

オードゥスが尾を一本動かし、魔法陣を描く。

転移してきたのは、手枷(てかせ)をはめられた小さな女の子だ。エレネシアははっとして彼女に駆け寄った。

「彼女は創造神テルネス。我が世界の創造神は育ちが悪いのダ。小型銀泡を創るために、根源を削りすぎタ。お察しの通り、まもなく滅ブ」

エレネシアがその神眼(め)で、創造神テルネスの根源を覗(のぞ)く。

雪月花を使い、彼女を癒やそうと試みるが、もうとっくに手遅れだ。テルネスは自らの創造の力を駆使して、かろうじて形を保っているにすぎない。

「……けて……」

創造神テルネスは、掠れた声で言った。

「助けて。わたしの世界を、わたしの世界を生きる人々を……」

同じ創造神として、エレネシアにはテルネスの気持ちがよくわかった。彼女もまた世界を救おうと己の身を削ってきたのだろう。

創造神が滅べば、この魔弾世界がどうなるかは想像に難くない。

「力を貸そう。私の創造の力を」

これがオードゥスの企みなのはわかっていた。

だが、このとき、エレネシアがそれ以外の言葉をかけられるはずもなかった。

創造した世界が滅びゆく様を、彼女は悠久の時をかけてずっと見守り続けてきた。

もしも、創造神が二人いたなら、選べた道があったはず。きっとそれは、テルネスも考えていたことだろう。

エレネシアは彼女の手をぎゅっと握る。瞬間、幼い神の体が崩れ始めた。

終わりの時がきたのだ。

「……ごめんなさい……」

申し訳なさと感謝が入り交じったそんな表情だった。

エレネシアは息を呑む。

そうして、その慈愛でもって彼女を優しく抱き締めた。

「世界を愛するあなたの気持ちは、私にはよくわかっているから」

「……ありがとう……」

風にさらわれるようにテルネスの体は消え去り、彼女にかせられていた手枷が今度はエレネシアにはめられていた。

「継承は済んダ。たった今より、この魔弾世界はエレネシアと名を変えル。キサマが代わりダ。テルネスと同じく、滅び去るまで小型銀泡を創るがイイ」

毅然とした神眼で、エレネシアはまっすぐ神魔射手を見返した。

「弾丸になるための世界を、私が創ると？　滅びるための根源を、まして世界を撃つ弾丸を」

「キサマの意思など関係ナイ」

神魔射手オードゥスはその指先をエレネシアへ向ける。

彼女の根源に。

「キサマも長くはナイ。本来、滅びるはずの根源が《鹵獲魔弾》により延命しているだけダ。キサマは滅び、そしてその火露は我が魔弾世界にて新生スル。新たな創造神にキサマの記憶はナイ」

「では、なぜ私にそのことを話す？」

「取引ダ。ワガハイにはキサマを救う手立てがアル。魔弾世界の創造神としてキサマが任務を全うするならば、そうしてもヨイ。その方が新生よりも効率がヨイ」

悪い話ではないといった風にオードゥスは言う。

「勘違いしてもらっては困るガ、《銀界魔弾》の開発は防衛のためダ」

「……世界を撃つ魔弾なのでしょう？」

「そうダ。かつて発生した銀水聖海の大災厄――絶渦。それにより、多くの小世界が被害を受けタ。我が魔弾世界も例外ではなく、甚大な損害を被ッタ」

理路整然とオードゥスが説明を続ける。

「絶渦を未然に防ぐには、《渦》の時点で消さなければならナイ。そのための《銀界魔弾》であル」

当たり前のことのように、その主神は言った。

「そのためには小世界を撃つのもやむを得ナイ。小型銀泡により失われる命より、助かる命が遥かに多いのダ」

「魔弾世界の主神よ。犠牲を作らない方法で災厄を防ぐと約束するなら、力を貸そう」

「夢物語ダ。犠牲を払わない方法などナイ。そんなことを言っているから、キサマの創った世界は泡となって消えゆくのダ」

静かにエレネシアはまぶたを閉じる。

「もしも、その《銀界魔弾》という魔法が開発されたなら、あなたはいつか私たちの世界を撃つかもしれない。私の子が創った世界を」

再びまぶたを開き、はっきりと彼女は告げた。

「協力はできない。たとえこの身が滅び、記憶を忘れて生まれ変わるときがあったとしても、私は弾丸になるための世界など創ることはない」

「いいや、キサマは必ず協力スル」

確信めいた口調だった。

脅すでもなく、ただ事実を告げるようにオードゥスは言う。

「キサマが小型銀泡を創らなければ、弾となるのは魔弾世界が鹵獲した本物の銀泡だからダ」

エレネシアが目を丸くする。

神魔射手の尾が蠢き、魔法陣を描く。

そこに映し出されたのは火山要塞デネブとそこに駐屯する軍人だ。魔弾世界の住人の暮らしが無数の《遠隔透視》に次々と映っていく。

「一〇〇日待とウ。見るがヨイ。この魔弾世界を。銀泡を奪われ、魔弾世界の住人となって生きる人々を。キサマは彼らを弾丸にはできナイ。だからこそ、数多の泡沫世界の中から選んだのダ」

そう言い捨てると、神魔射手オードゥスはその場から転移していった。

一人残されたエレネシアは、室内を見回す。

どうにか逃げられないか考えたが、張り巡らされた結界は彼女の世界では考えられないほど強固で、その外側には指一本出すことができない。

もしも出られたとしても、彼女の寿命は長くない。どこで滅びようと、魔弾世界にあるその火露のもとに彼女は新生される。

逃げ場所などありはしないということはすぐ理解した。

エレネシアにできたのは、そこに残された《遠隔透視》から魔弾世界を眺めることだけ。

銀泡を奪われ、植民地となった無数の世界では、かつて自分が創造した世界と同じく、人々が暮らしていた。

エレネシアが小型銀泡を創らなければ、彼らは弾丸となり、命を散らす。だが、エレネシアが小型銀泡を創れば、その根源は滅び、そしていつか、どこかの世界が撃たれるのだ。

どちらが正しい選択なのか。

いや、正しい選択などありはしない。

答えを出すことができず、ただ月日が流れていく。

そして、ちょうど一〇〇日目。

覚悟を秘め、エレネシアが神魔射手オードゥスを待っていると、突如足下が揺れた。立っていられないほどの震動に、彼女は床に伏す。爆音とともに結界が脆くも崩れ去った。

「見つけた」

無理矢理こじ開けられた入り口に現れたのは、一人の男だった。口元に不気味なマスクをつけている。

「創造神エレネシアかい？」

「……あなたは誰？」

「ムトー。第二魔王と呼ばれている」

そう言って、ムトーはエレネシアの手をつかんだ。

「今から君をさらう。早い話、人質だ」

エレネシアは即座に手を引く。だが、びくともしなかった。

彼女は手の平から雪月花を放ち、氷の矢をムトーに飛ばす。だが、それはたちまち折れ、何事もなかったかのように彼は笑った。

「抵抗しないで。自由は保証するよ。今日から楽しい人質生活の始まりだ」

そんなわけのわからないことを言って、ムトーは強引にエレネシアを抱き寄せる。一気に飛び上がり、あっという間に大提督の基地を脱出したのだった。

§38．【第二魔王ムトー】

空からは海に生えた林が見えた。マングローブである。

第二魔王ムトーは、エレネシアを片手で抱えながら飛んでいた。

「あそこがオレのねぐらだ」

マングローブの木の上にほったて小屋が建てられているのが見える。雑に木を組み合わせただけのもので、天気が崩れれば雨漏りしそうだった。

ムトーはその小屋の前に降り立ち、エレネシアを下ろした。

「自由にしてていいよ」

彼はそう口にすると、片手を軽く振った。

エレネシアの神眼（め）に映ったのは、振り終えた後の黒い短剣だ。それが彼女にかけられた手枷（てかせ）を真っ二つに切断していた。

神魔射手オードゥスにかけられた拘束魔法だ。本来、そう簡単に切断できる代物ではない。

エレネシアは驚嘆したようにムトーを見た。彼はなんでもないことのように背を向けると、木にかけられたハンモックの上に寝転がった。

しばらくすると、寝息が聞こえてきた。

エレネシアがその神眼(め)で深淵(しんえん)を覗(のぞ)くも、本当に寝入ってしまっているようだった。不可解に思いながらも、彼女はムトーを起こさないように気をつけながら《飛行(フレス)》で飛び上がり、その場を離れた。

追ってくるかとエレネシアは警戒したが、ムトーが起きる気配はない。

しばらく空を飛び続け、安全圏まで離れたところで着地した。彼女はほっと胸を撫(な)で下(お)ろす。

「言い忘れたんだけど、自由にしていいのは逃げること以外の話だからね」

聞こえるはずのないムトーの声を耳にし、エレネシアは振り返った。

次の瞬間、彼女はマングローブの木の上にいた。

ほったて小屋がある。ムトーのねぐらだ。

突然の出来事にエレネシアはなにが起きたのかさえわからなかった。

「……なにをしたの？」

「なにって」

ムトーは不思議そうな顔をする。

説明するまでもないと言いたげであった。

「君が逃げたから、追いかけて連れ戻した」

安全圏まで逃げたと思っていたエレネシアを一瞬で捕捉し、追いつき、抱えてここまで運んだのだ。

あまりにも、力の次元が違いすぎる。だからこそ、彼は人質であるエレネシアを放って眠りについたのだろう。

彼は再びハンモックの上で寝ようとする。

「第二魔王ムトー」

エレネシアの呼びかけに、彼は振り向いた。

「あなたが何者なのか、なぜオードゥスと敵対しているかは知らない。けれど、はっきりしているのは、私に人質の価値はないということ。この身は《鹵獲魔弾(ろかくまだん)》にて猶予を得ているだけ。神魔射手オードゥスはいつでもその延命を打ち切り、私を新生することができるはず」

神魔射手オードゥスが、危険を冒してまでエレネシアを助けに来ることはないだろう。さらった相手が弱いのならともかく、第二魔王ムトーは底知れない力を持っている。

このまま捨ておき、エレネシアが新生したとしても、オードゥスにとってはなんの問題もない。

「ああ、そうだった」

うっかりしていた、といったような態度でムトーはエレネシアのもとまで歩いてくる。そして、おもむろに彼女の胸を指先で貫いた。

「……え？」

次の瞬間には、ムトーはその胸から手を引き抜いており、指先で小さな魔弾をつまんでいた。

エレネシアの胸からは血の一滴すら流れていない。

「これが《鹵獲魔弾(ろかくまだん)》だよ」

そう口にして、ムトーは指先で魔弾を潰した。

「根源から抜けば、たちまち滅びる」

エレネシアは自身の体を、その根源を見つめる。しかし、特に異常はない。滅びる気配など微塵も感じなかった。

「つまり、君はこの魔弾の延命が必要ない体になったんだ」

エレネシアは目を丸くする。

「あなたは……今、なにをしたの？」

「《鹵獲魔弾》を抜いて、代わりに君の根源を癒やしたんだ。神魔射手は君を救う手立てがあると言ってなかった？」

エレネシアはうなずく。確かに神魔射手は協力と引き換えに彼女の命を救うと交換条件を持ちかけた。

「オレにだってそれぐらいできる」

子どもが張り合うように、ムトーは笑みを見せた。

驚くべきは《鹵獲魔弾》を抜いた一瞬の間にエレネシアの根源を癒やしたことだ。

深層一二界を支配し、銀海史上初めて深淵魔法に到達した魔導の覇者、大魔王ジニア・シーヴァヘルド。その継承者候補たる魔王の力は尋常なものではない。

もっとも、この頃のエレネシアはまだ銀水聖海の魔王についてはよく知らなかった。

「……私を人質にしてあなたはどうする？」

「最初に神魔射手オードゥス、次に大提督ジジ・ジェーンズと戦う」

一瞬考え、エレネシアは聞いた。

「それは、彼らが悪だから？」

「強いから」

思いも寄らなかった答えに、エレネシアは絶句していた。

「だけど、オレの方が強い」

「……意味がわからない」

「彼らに勝負を挑んだ。だけど、神魔射手も大提督もそれに応じない。だから、人質を取った」

当然の理屈だ、というようにムトーは言う。

「君は魔弾世界にとって重要な存在だ。銀滅魔法《銀界魔弾》は、創造神が小型銀泡を創らなければ発射できない。彼らはリスクを冒してでも君を取り戻さざるを得ない」

「私が聞きたいのは、あなたがなんのために戦うのかということ」

「……なんのために？」

思いも寄らない質問だったか、ムトーはきょとんと彼女を見返した。

「強いからじゃだめ？」

「それは理由にはならないと私は思う」

「そこに強い奴がいたら、戦いたくなるでしょ」

そう口にしたムトーの表情は、まるで無邪気な子どものようだった。

「私はならない」

「君が弱いからでしょ」

「そうではない」

「創造の力があるから、君は世界を創造し、その創った世界を愛している。オレは強いから、強者と戦い、その戦いを愛している」

肩をすくめ、ムトーは言った。

「同じでしょ」

「同じではない」

エレネシアが断言すると、ムトーは不思議そうな表情をした。

「君は創造神なのに面白いな」

「なにが面白いの？」

「他の誰もそんなことは言わなかった」

「それはあなたが恐ろしいから」

ムトーはやはりピンと来ないといった表情を浮かべている。

「訳もなく戦おうとするあなたが恐ろしいから、誰もあなたに本当のことを言おうとはしないだけだと思う」

第二魔王ムトーは強い。

並の小世界なら、たとえ深層世界とて滅ぼす力をもっている。

もしもそんな存在が理由なく戦いを仕掛けてくるのだとしたら、まともに関わろうとする者は滅多にいないだろう。

口論に発展するなどまず考えられない。だからこそ、彼は不可侵領海なのだ。

「それじゃ、君が本当のことを言うのはオレが人質を殺すことはないって思ってるから？」

「いいえ」

静謐な声でエレネシアは言う。

「あなたが可哀想だから」

哀れみの視線を向けられ、ムトーは首を捻った。

「嘘はよくない」

「嘘ではない」

と、エレネシアが口にした瞬間、第二魔王ムトーは黒い短剣を彼女の首につきつけていた。

「人質は君じゃなくてもいい。知ってて言ってる？」

「あなたは暴力でしか物事を量れないの？」

エレネシアはつきつけられた短剣にそっと触れる。

「言葉の真偽を確かめるのに剣を振るうことしかできないなら、やはりあなたは可哀想な存在だろう」

わからないといった表情でムトーはじっとエレネシアを見つめる。

「私を滅ぼせば答えは永遠にわからない」

「じゃ、やめとく」

あっさりとムトーは短剣を引いた。

「君の言うことはわからないけど、君にもオレのことはわからない。少なくとも、オレは可哀想じゃない」

その言葉には特に反論することなく、エレネシアはこう切り出した。

「一つ願いがある」

「なに？」

「解放してほしい。私はこの魔弾世界のために、答えを出さなければならない」

怪訝そうな顔でムトーは答えた。

「言われて解放するなら人質を取ると思うかい？」

「思わない。だから、お願いしている」

「オレは願いも要求も聞かない」

そう一蹴した後、ムトーは好戦的な笑みを浮かべた。

「オレに勝てたら解放しよう。一撃でも入れれば君の勝ちでいい」

「わかった」

そう口にした瞬間、マングローブの林が凍りついた。

ひらひらと舞うのは雪月花。それが白銀の氷柱へと変化し、ムトーの頭上から雨のように降り注いだ。

「はい」

ムトーが手を叩く。すると、白銀の氷柱は一斉に砕け散り、凍りついたマングローブの林も元に戻った。

「今日はオレの勝ちだ。またいつでもきなよ」

ムトーがエレネシアの神眼を手で覆い、そっと閉ざす。いかなる魔法なのか、かくんと彼女の体がムトーの腕にもたれかかる。

エレネシアは意識を失っていた。

§39.【戦う意味】

真夜中。

すーすーと寝息が聞こえてくる。

マングローブのほったて小屋。吊り下げたハンモックの上で、第二魔王ムトーは眠りについていた。

エレネシアはベッドに身を横たえながら、彼の様子を観察していた。

一撃入れることができれば勝ちだ。ムトーはせっかく人質にとった彼女を解放しなければならない。

にもかかわらず、ムトーはエレネシアのそばを寝床に選んだ。

人質なのだから、当然といえば当然かもしれない。しかし、彼はエレネシアを拘束することさえせず、あまつさえ先に眠ってしまった。

正直、彼女には理解しがたい行動であった。

だが、チャンスだと思った。

物音を立てないように、エレネシアはゆっくりと身を起こし、ベッドから下りた。彼女は静かにハンモックのそばまで歩いていく。

手が触れられるほどの距離にまで近づいても、ムトーは起きる気配がまるでない。

「いつでも……とあなたが言ったこと」

言葉を発しても、彼はなんら反応しない。相変わらず、すーすーと気持ちよさそうに眠っている。

その表情だけを見れば、あたかも幼い子供のように錯覚する。

エレネシアはすっと手のひらをかざし、雪月花を降らせようとして、はたと思いとどまった。

魔力を使えば、その時点で勘づかれる可能性がある。完全に熟睡しているとはいえ、相手はムトーだ。

無論、魔力を使わずに彼を傷つけられるはずもないが、彼との勝負は一撃を入れればエレネシアの勝ちだ。

かすり傷にすらならずとも当てさえすればいい。エレネシアは魔力を殺したまま、静かに手で拳を作る。申し訳なさそうな表情を浮かべた後、意を決して素早く振り下ろした。

「勝負かい？」

エレネシアは神眼（め）を丸くする。

下ろした拳は空を切り、ハンモックを叩（たた）いていた。彼の姿は消えており、声は背後から聞こえてきた。

「……寝ていなかった？」

そう彼女は疑問を向けた。

「いいや。寝てたよ。ぐっすり」

そう口にして、ムトーは眠たそうにあくびをする。目を覚ますなり、拳をかわし、一瞬にしてエレネシアの背後に回り込んだのだ。その速さに今更驚くことはない。

だが──

「……魔力は使っていないのに、どうして……？」

「害意だよ」

その意味を量りかねたか、エレネシアはすぐには言葉が出なかった。彼女の戸惑いを察して、ムトーは説明を加えた。

「攻撃よりも意識が早い。君が攻撃をしようと害意を持った時点で、それがオレにはわかる」

「そんなことが……？」

できるはずがない、とは言えない。

ここはエレネシアが創造した世界とは違う。銀水聖海には自らの知らないことが溢れているのだろう。そう彼女は思った。

そして害意を感じとれるのなら、魔力を殺しても意味はない。つまり、ムトーに不意打ちはほぼ効かないということだ。

「続き、やろうか」

「…………」

エレネシアが絶句すると、ムトーは不思議そうに彼女を見た。

「どうかしたかい？」

「……あなたが起きた以上、もう勝負にはならない」

するとムトーはまっすぐな瞳を向けてきた。

戦意でも、闘志でもない。もっとひたむきななにかだ。

「確かにオレは強いよ。だけど、やってみなきゃわからない」

エレネシアは言葉を返さず、怪訝な瞳で彼を見つめた。

これだけの力を持っておきながら、ムトーはどうやら本気で言っているようだ。それが彼女には信じがたかったのだろう。

「あ」

と、ムトーはドアに視線を向けた。

「ちょっと待ってて」

そう言いながら、ムトーが歩き出す。

「どこへ？」

「お客さんのお出迎え」

彼はドアを開き、外に出る。

マングローブの浅瀬。暗闇の中、月明かりに照らされ、人影が僅かに浮かび上がる。

一つ、二つ、三つ――四人だ。彼らは魔力を隠していなかった。

「第二魔王ムトー！」

前に出た一人の男が声を張り上げた。

「私はドルフィン・グロウ！　覚えているかっ!?　二〇〇年前、貴様に敗れた魔炎世界の炎術士をっ!!」

木の上から飛び降りて、ムトーは答えた。

「魔炎世界の神童と呼ばれていた子だね。一七歳でその世界の魔法すべてを極めた。覚えているよ」

ムトーは笑う。

楽しみなおもちゃを前にしたかのように。

「強かったから、将来が楽しみだと思って生かしておいた」

「私は強くなった。魔炎世界ラジアスが元首になるほどに！」

ゴォッとドルフィンの体から炎が立ち上る。瞬間、マングローブ林一帯の気温が急上昇した。焼けつくような熱波が渦巻く。川の水が蒸発し、瞬く間に涸れた。

「魔炎帝として、今日こそ二〇〇年前の汚辱を濯ぐ。尋常に立ち会うがいい！」

ドルフィンが堂々と訴える。

それを聞き、ムトーはまるで友達に向けるような笑みを見せた。

「待ってたよ。やろう」

ドルフィンが前へ出ると、残りの三人は後ろに下がる。立会人なのだろう。二人の戦いを見守るといった風である。

「私は一時たりとも忘れたことはなかった」

ドルフィンは言う。

「お前に五秒で心臓を貫かれた、あの屈辱の日を」

ドルフィンが手のひらをかざせば、どっと炎が溢れ出し、竜巻と化していく。

火の粉が夜空を覆い尽くす。

なるほど、魔炎世界の元首というのも伊達ではない。僅かに力を解放しただけで、マングローブ林が炎に包まれている。

エレネシアは雪月花にて火の粉から己の身を守ったが、それも長くは続かないだろう。

二人の戦いが長引けば、その余波だけで彼女は炎に飲み込まれてしまう。尋常ならざる魔力であった。

「どれだけ力をつけようと、魔炎世界の元首になろうとも、私の心には穴が空いたままだった。あの日、私は私であることを失ったのだ」

右手を前へ突き出し、ドルフィンが構えれば、魔力が一気に跳ね上がった。

「第二魔王ムトーッ！　お前が不可侵領海であろうと知ったことではない！　私は今日、私の尊厳を取り戻しにきたのだ!!」

炎を噴出しながら、ドルフィンは真正面からムトーに飛びかかる。世界を燃やし尽くさんがばかりの魔炎がその右手に凝縮され、第二魔王に撃ち放たれた。

ムトーは黒い短剣をすっと目の前に構え、一閃した。

「がっ……!!」

放った魔炎ごとドルフィンは根源を切り裂かれ、膝をつく。

歯を食いしばり、手をついて立ち上がろうとするが、体に力が入らないのか、彼はそのまま地面を舐めた。

「三秒」

伏したドルフィンの前に立ち、ムトーが三本指を立てる。

「二秒縮めたね」

まるでどれだけ短い時間で倒せるかの遊びをしていたかのように、ムトーは軽い調子でそう言った。

二〇〇〇年前より、ドルフィンは確かに強くなったのだろう。だが、第二魔王ムトーはそれ以上に強くなっていた。

「……………く……………ご……………」

根源を切り裂かれたドルフィンの体が、ボロボロと崩れていく。

「ど、ドルフィン様っ！」

従者三人が駆け寄ろうとすると、ムトーは彼らに視線を向けた。

「次は君たちの番？」

一睨みで、三人の足が止まる。

忠誠心がないわけではないだろう。だが、ムトーの圧倒的な魔力に畏怖を覚え、従者たちは足が竦んで動けなかった。

「やらないなら帰りなよ」

いつも通り、柔らかい口調だ。

だが、従者の三人はガタガタと体を震わすばかりだ。

「彼らは戦いたかったわけではない」

静謐な声が響く。

ドルフィンのそばへ転移したエレネシアは、雪月花にて彼の根源を創り直していく。

「主を救いたかっただけ」

傷は深いが、まだ手遅れではない。彼女の権能でも、かろうじて治療することができる。

「なぜあなたは悪戯に命を奪う？」

臆さず、エレネシアは問うた。

「悪戯に奪ってはいない。戦いの結果だ」

「戦う必要はない。この戦いになんの意味があった？」

悲しげに、エレネシアは再び問う。

「彼が勝負を挑んできた。オレはそれに応じた」

淡々とムトーが答える。エレネシアの憂いが、彼にはまるで伝わっていない。

「逃げれば避けられた」

「逃げる……？」

意味がわからないといったようにムトーは首をひねった。

「逃げられるのなら、逃げればいい。争いは悪しきこと。まして、あなたに戦う意味など、どこにもないのだから」

「戦う意味……」

すぐに反論はなく、そんな呟きが漏れた。

数秒ほど考えた後に、ムトーは言う。

「深く考えたことがなかった。今度、考えておくよ」

エレネシアは怪訝な表情を浮かべる。

彼の声音にはまるで嘘がない。その表情も真摯に彼女に向き合っていた。けれども、それはエレネシアの糾弾にはそぐわないほどの浮いた台詞だ。

本当にわかっていないのだ。

第二魔王ムトー。彼には善悪がまるでない。

踵を返した背中を見て、エレネシアはそんな風に感じていた。

§40. 【慈愛の掌】

エレネシアがムトーの人質になってから、月日は流れた。

神魔射手オードゥスや大提督ジジが彼女を取り戻しにやってくるようなことはなく、変わらない毎日が続いている。

ある日のこと、マングローブの林を創造神エレネシアは歩いていた。

人質ではあるものの、この一帯ならばどこへ行っても咎められることはない。

自由と言えば自由だったが、心はそれとはほど遠かった。

第二魔王ムトーはどこにいても彼女を監視している。エレネシアが逃げ出す素振りを見せれば、たちまち連れ戻されるだろう。

このマングローブの林は、彼女にとって巨大な鳥籠のようだ。

なにより、第二魔王ムトーから解放されたからといって、決して自由になるわけではない。先代の創造神テルネスよりこの世界を引き継ぎ、彼女は魔弾世界の創造神となった。主神である神魔射手オードゥスは、銀泡を弾丸にする銀滅魔法《銀界魔弾》の開発を進めている。

エレネシアはその創造の力にて小型銀泡を創るように要求されている。さもなくば、神魔射手はすでにある銀泡を弾に使うという。

今現在、魔弾世界の住人が生きている世界そのものを。彼女が小型銀泡を創造しなければ、確実に一つの世界が滅びるのだ。

ただ魔法実験のためだけに。

「ここが本当に進化した世界……？」

自問するように一人、彼女は呟いた。

銀水聖海の理を、今はよく理解している。かつての彼女が創造した世界は、泡沫世界だった。それゆえに火露が流出し、世界では常に争いが絶えなかった。

この深層世界では火露が一方的に流出することはない。滅びと創造の整合はとれており、元首の統治により泡沫世界から、逆に火露が入ってくる。

世界内部で目立った紛争はない。

少なくとも、世界の行く末が危ぶまれるような大戦は起こる気配すらなかった。

多少の小競り合いは、すぐに元首たる深淵総軍が平定するだろう。

大提督ジジは盤石といっても過言ではないほどの戦力を有している。にもかかわらず、彼らは軍備の増強に努めている。そのことは、世界の外に敵がいることを示唆していた。

結局、変わらないのだろうか、とエレネシアは思う。

たとえ火露が流出せずとも、秩序がどうであろうとも、人は争いを起こすのだ。

その世界が平和になれば、今度は世界の外にまで戦火を広げる。もしも、自分のいたあの世界が、火露の流出を食い止められていたら、魔弾世界と同じように他の世界と争うことになったのだろうか。と、彼女はそんなことを考えてしまう。

銀水聖海は広い。

果てしなく広大だ。

自らの世界にならくまなく行き届いた彼女の神眼をもってすら、その全貌を予想することさえできない。

その果てしなさは、彼女には平和までの距離に感じられた。

どれだけ平和を求めても、そこには永遠にたどり着けない。そんな風に思えてしまうほどに、この銀海は広いのだ。

たとえ、神魔射手オードゥスのことが解決したとしても、それですべてがうまく回るわけではない。彼らとて、無闇矢鱈に戦力を増強しているわけではない。平和的とは言い難いものの、結局のところそれは自衛だ。

外敵を一方的に撃破するだけの戦力を保有することが、魔弾世界の住人にとっての平和を意味する。

そのことをエレネシアはよく理解していた。

「けれど、それより前に……」

いずれにせよ、当面の問題は第二魔王ムトーだ。

人質になっているこの状況では、平和を案じるどころではない。

彼の目的は、神魔射手オードゥスと大提督ジジ・ジェーンズ。このままエレネシアが人質になり続けることで、彼らはムトーと戦わなければならないのかもしれない。

魔弾世界の滅亡など頓着せずに、ムトーは全力を出すだろう。

守るためでもなく、恨みでもなく、ただ戦うためだけに戦う。そんな争いは、過ちとしか言いようがないと彼女は思う。

それでも、彼を止める力も、言葉も、エレネシアは持っていなかった。

まるで暗闇の中に一人でいるようで、彼女はゆっくりと空を見上げた。

分厚い雲が一面に広がり、月を覆っている。エレネシアはただその暗闇を見つめるしかなかった。

そのときだ。

闇夜に細い光が走ったかと思えば、それが途方もなく膨れ上がった。

天地をつなぐ光の柱がマングローブの林を吹き飛ばしていく。

震源地は、ムトーがいるほったて小屋である。尋常ではない魔力だった。ムトーのものに違いない。

恐らく、また誰かと戦っているのだろう。そう思ったエレネシアは、すぐにほったて小屋まで飛んだ。

近づくにつれ、だんだんと光が収まっていく。

先ほど感じたムトーの魔力が、今は完全に消えていた。

決着がついたのだろうか、とエレネシアは辺りを見回す。だが、攻撃したはずのムトーの姿がどこにもない。

彼が戦っている相手もいない。エレネシアは神眼を凝らし、彼を探した。

光はますます消えていく。

視線を巡らしていたエレネシアは、次の瞬間はっとした。

ムトーを見つけたのだ。徐々に収まっていく光の、その中心に、彼は横たわっていた。

その魔法の威力が殆ど収まっていることを確認した後、エレネシアは光の中心に飛び込んだ。

「……ムトー……？」

ムトーのそばにまでたどり着いた彼女は息を呑む。

ボロボロだった。全身はもとより、その根源が今にも崩壊してしまいそうなほど傷ついている。放っておけばものの数分で滅びるだろう。

容態を把握するなり、エレネシアは手をかざした。

闇夜に現れたのは、《創造の月》アーティエルトノア。白銀の光がムトーに降り注ぎ、傷ついたその根源を優しく癒やしていく。

彼が滅びれば、エレネシアは解放される。だが、彼女はそんなことさえ頭になく、ただただ夢中で崩壊しそうな根源を創り直していた。

「……じゃ……」

かろうじて滅びを免れたか、ムトーがかすれた声を発する。

「まだ声は出さないで。私の力で治せる保証はない」

エレネシアはその場に座り込むと、ムトーの胸に手をかざす。そうして、雪月花を舞わせた瞬間、彼がその手を乱暴につかんだ。

エレネシアが目を見開く。

「……邪魔を……しないでほしい……」

彼女は一瞬、言葉に迷う。なにを言われたのか、よくわからなかったのだ。

「……それは……戦いの邪魔ということ……？」

「……鍛錬だよ……」

エレネシアは絶句した。

考えてみれば妙だった。放たれた光の柱からは、確かにムトーの魔力を感じた。だが、ここに来てみれば、倒れていたのは魔法を放ったはずの彼だ。彼が戦っていたはずの敵の姿はどこにもない。

「……あなたは、まさか……」

エレネシアがはっとしたちょうどそのとき、滅びかけていたムトーの根源に魔力が満ちた。

アーティエルトノアの力ではない。

まるでロウソクの火が消える寸前、明るさが増すように彼の根源が輝きを放った。すなわち、灯滅せんとして光を増し、その光を持ちて灯滅を克す。

そうして、第二魔王ムトーは、平然と起き上がった。

「滅びを克服するために、自らの魔法と戦っていたの……？」

「君の言いたいことはわかるよ。このやり方じゃ今更、大して強くもなれない。まあ、日課みたいなものだよ」

ムトーは苦笑いを浮かべた。

エレネシアの疑問を、彼は別の意味に捉えているようだ。彼女はすっと立ち上がり、まっすぐ射貫くようにムトーを見つめた。

「一歩間違えれば、滅びていた。いいえ」

自らの言葉を否定し、エレネシアはこう断言した。

「このようなことを続けていれば、あなたはいつか本当に滅びる」

「それぐらいじゃないと、運動にもならない。体がなまっちゃうからね」

「なんのために」

静謐な声で、咎めるようにエレネシアは言う。

「あなたはなんのために力を求めるの？」

ムトーは口元に手をあて考え込む。数秒考えた後に、彼は言った。

「欲しいから」

彼がそう口にするのと同時、乾いた音が響いた。

エレネシアがムトーの頬を叩いていたのだ。

彼は不思議そうな表情で、自らの頬に触れている。ムトーには害意がわかる。エレネシアが彼を叩こうとしたなら、手を動かす前にそれがわかるはずなのだ。

だが、ムトーは察知することができなかった。

「あなたは自らを大切にできないから、他者を大切にすることができない」

ムトーに一撃を入れたことなどまるで頭にはなく、エレネシアは憤りをあらわにした。

「自らを守るためでもなく、大切な人を助けるためでもなく、ただ強くなるために強くなる。そんなことに意味はないと私は思う」

エレネシアの言葉に、ムトーは反論しなかった。彼は黙り込んだまま、エレネシアをじっと見つめている。

そうして、どのぐらい経ったか。彼は初めて、彼女の前で柔らかい笑みを見せた。

「君は意味ばかりを問うね」

なぜか人懐っこく、ムトーは言ったのだった。

§41.【月明かりの屋根の上で】

真夜中――

ふと人が動く気配を感じて、エレネシアは目を覚ました。

ぎぃ、とドアが開く音が聞こえる。視界をよぎったのは、ほったて小屋から出て行ったムトーの姿だ。

こんな真夜中にどうしたのか。

普段は害意を感じでもしない限りムトーは起きない。なにをしているのかが無性に気になってしまい、エレネシアは身を起こした。

彼女は外に出た。

ムトーがどこへ向かったのかは見当もつかなかったが、思いのほかすぐに彼は見つかった。ほったて小屋の屋根の上に、腰を下ろしていたのだ。

しばらく様子を見守っていたが、ムトーが動く気配はない。

ただじっと夜空を見上げたままだ。

なぜかその姿が今までの彼とは違って、エレネシアには穏やかなものに感じられた。

ゆえに、自然と言葉が口を衝いた。

「なにをしているの？」

すでにそこにエレネシアがいることは承知のことだったか、さして驚いた風でもなくムトーは答えた。

「あのときの月は、どんなものだったかと思った」

「あのときの月？」

エレネシアの問いに、ムトーは彼女を振り返った。

視線が胸に突き刺さる。

「君の月だよ」

思わぬ答えに、エレネシアは神眼を丸くした。

気を取り直すように瞳を閉じて、彼女はゆっくりと宙へ浮かび上がる。そうして、屋根の上に足をついた。

「アーティエルトノアがどうしたの？」

「どうしたんだろうね」

はぐらかしているような台詞だったが、彼の表情はいつになく真剣だ。

自分でもまだ答えが出ない。だから、眠れないのかもしれない。彼女にはそんな風に感じられた。

そっと、エレネシアは手をかざす。

すると、魔弾世界の月の隣に、ゆっくりと白銀の月が昇った。それはキラキラと輝く雪月花を降らせ、屋根の上にいたムトーを幻想的に照らし出す。

彼は目を細め、創造の月を見上げた。

「…………ああ…………」

と、感嘆の声を漏らした。

「これが見たかったんだ。ありがとう」

ムトーはそう無邪気に笑いかけてきた。

今なら言葉が通じる気がして、エレネシアは彼の隣で、静かに座り込んだ。

「……どうして？」

一瞬考えるようなそぶりを見せた後、ムトーは再び《創造の月》に視線を向ける。その輝きに視線を吸い込まれるようにしながら、彼は言ったのだ。

「綺麗だから」

エレネシアが再び神眼を丸くする。

なんのてらいもない台詞だった。

もとより、ムトーは言葉を取り繕うような性質ではない。だからこそ、彼の口からそんな言葉が出てくるとは夢にも思わなかった。

「驚いた」

エレネシアもまた率直な言葉を返した。

「そうかい？」

「あなたに闘争以外の情緒があるとは思わなかった」

ちらりとエレネシアに視線を向けた後、ムトーは目を伏せる。そうして、ぽつりと口にした。

「オレも思わなかったよ。なにかがこんなにも綺麗だと思ったのは生まれて初めてだ」

「一度も？」

「そう、一度もね、オレはないんだ。みんなが綺麗だって口にする言葉が、理解できなかった。これまでは」

また彼は《創造の月》を見上げる。

「たぶん、君の月だからだろう」

エレネシアは僅かに首をかしげた。

ムトーの言葉の意味がよくわからなかったのだ。

「……あなたには、創れない？」

「いや、創れるよ。見た目だけなら、今すぐにでも」

ますますエレネシアは不思議そうにムトーを見返した。

「でも、オレが創った月はあんなに綺麗にはならないだろうね」

エレネシアは無言で彼を見返す。やはり、ムトーの気持ちが理解できないでいた。

「どうして？」

「それがわかれば創れるよ」

苦笑するようにムトーは言った。

第二魔王と呼ばれる彼の表情は、まるで幼い少年のようにあどけない。

エレネシアはなぜか、言葉に詰まっていた。

「わからない」

ムトーは言う。

どこか楽しげに。

どこか、嬉しそうに。

「わからないんだ。君はオレよりも遥かに弱い。小指一本でも、オレは君を滅ぼすことができる。だが」

強い瞳がまっすぐエレネシアを見つめる。

彼女の深淵を覗くように。

彼女をもっと知ろうとするように。

「君の攻撃をオレは避けることができなかった。君の害意をオレは感知することができなかった」

どこまでもまっすぐ魔眼を向けながら、彼は語る。

「君との勝負に、なぜ負けたのか。オレにはわからない。きっと、君はオレが持っていないなにかを持っているんだろうね。オレが、もっと強くなるためのなにかを」

ムトーは胸の内を打ち明ける。

だが、エレネシアの思考はただ一つのことに支配されていた。

「……負けた？」

そう彼女は聞き返す。

「君は確かにオレに一撃を入れた。勝負は君の勝ちだ」

当たり前のようにムトーは答えた。

確かに、勝負の内容はそうだった。

だが、あのときのエレネシアは決して勝負で彼を叩いたわけではない。それが有効だとは思っていなかったのだ。

「……それでは？」

「ああ、もちろん約束は守るよ。一週間後に君を解放しよう」

はっきりとムトーは言った。

エレネシアの胸中に安堵がよぎる。だが、次の瞬間にはもうその心は不安で塗りつぶされていた。

たとえ、ここから解放されようとも、彼女に自由などない。再び神魔射手オードゥスの籠に閉じ込められるだけだろう。

エレネシアの問題は、何一つ解決したわけではないのだ。

「エレネシア」

ムトーに呼びかけられ、エレネシアは顔を上げた。

彼はさらりと言った。

「逃がしてやろうか？」

彼女は一瞬返答に詰まる。

ムトーの意図がよくわからなかった。

彼にそんなことをする理由はない。

「……そうすれば、あなたはオードゥスと戦えるの？」

「いや。あいつは次の創造神を探してくるだけだろう。どうやら、大提督と神魔射手はなにがあってもオレとは戦いたくないらしい」

その説明を聞いて、ますますエレネシアは疑問を覚えた。

「では、なぜ私を逃がそうと？」

「オレは君が気に入ったんだ」

考え込むように、エレネシアは目を伏せる。

「それだけで？」

「わからない奴だな」

ムトーの手が、エレネシアの手に重なる。

不思議そうに彼女が見返すと、その瞳が迫ってきた。

彼女の呼吸が止まる。

魔弾世界の月と《創造の月》、二つの月明かりの下、ムトーはエレネシアの唇を奪っていた。

「君が好きだと言ったんだ」

至近距離で彼は囁く。

「オレと来い、エレネシア。神魔射手だろうと、大提督だろうと、君には手を出させない」

その言葉に、しかしエレネシアはなんの返事もできなかった。ただ呆気にとられたように、ぼんやりと彼を見つめるばかりである。

長い沈黙が続いた。

「嫌なのか？」

「ムトー」

静謐な声が、優しくこぼれ落ちる。

彼の目を優しく見返し、エレネシアは言った。

「あなたの気持ちは嬉しいこと。されど、この身は神なれば、慈愛はあれど愛は持たない。私は世界であり、そしてただ一つの秩序。人とは異なる存在」

エレネシアの言葉を受け、今度はムトーが黙り込んだ。僅かにうつむく彼を、月明かりがそっと照らし出す。

その視線はじっと虚空に向けられていた。

「そうか」

納得したようにムトーは言う。

「そういえば、そうだった。君があまりに神族らしくないから忘れていたよ」

少し寂しそうに彼は笑ったのだった。

§42.【二人の距離】

翌朝。

エレネシアはマングローブの林を歩きながら考えていた。

ムトーは彼女を解放すると言った。彼の性格からして、嘘をつくとは思えない。そんなメリットもない。それなら、このままここを出ていったとしても引き戻されることはないだろう。

だが、問題はその後だ。

今、第二魔王ムトーが人質にとっているからこそ、神魔射手オードゥスはエレネシアに手出しができない。

ここを去れば、すぐにでもオードゥスはエレネシアを連れ戻しにくるだろう。

オードゥスの言うことを聞かなければ、次なる創造神の新生のため、エレネシアは殺される。

命が惜しいわけではない。

死んで世界がよりよい方向に向かうのならば、喜んでそれを差し出すつもりだ。

けれども、そうではないのだ。

開発中の銀滅魔法《銀界魔弾(ソネイド)》。その弾丸である小型銀泡を創造させることが、オードゥスの目的だ。

小型銀泡とはいえ、そこには本物の命がある。小型銀泡を躊躇(ためら)いなく弾丸にする魔弾世界は、いつしか本物の銀泡さえ弾丸にするだろう。

そのときは、必ず来る。

止めなければならない。

だが、止める手段がなにもない。

どうすることが、この魔弾世界のためなのか。彼女はまだ答えを出すことができていなかった。

「――帰るなら、送ろうか？」

エレネシアが振り向けば、いつの間にか隣にムトーがいた。

昨日のことなどなかったかのように、いつも通りの飄々(ひょうひょう)とした表情だ。

「よかった」

自然と言葉が口を衝く。

ムトーは僅かに首を捻(ひね)った。

「なにが？」

「あなたが落ち込んでいなくて」

静謐(せいひつ)な声でエレネシアが言った。

「人が神を愛することはない。きっと、それはなにかの間違いだったと、いつか気がつくときが来る。神とは世界を動かす仕組みの一つ、秩序なのだから」

ムトーは空を仰ぎ、しばし沈黙した。

なにやら考えごとをしているようにも見える。

「……今のは、慰めてるつもりかい？」

ぽつりと彼は言った。

エレネシアは一瞬言葉を失う。

「……間違えた？」

すると、ムトーはニッと笑う。

まるであどけない少年のように。

「大間違い」

前を向き、彼は歩いていく。

僅かに遅れて、その後ろにエレネシアは続いた。

「神も人も関係がない。相手が何者であろうと、言い訳をするつもりはないよ。オレが君に振り向いてもらえなかったのは、力が足りなかったんだ。君に好きになってもらうだけの力がね。それだけが敗因で、それ以外は関係がない」

僅かにエレネシアは眉をひそめる。

「あなたは愛を戦いのように言う」

「違うって？」

「私は違うと思う」

「どう違うんだい？」

数秒の沈黙、二人の足音が規則的なリズムを刻む。

「愛は与え、育むもの。そこには勝利も敗北もない」

「じゃ、なにがあるんだい？」

「……わからない」

きょとんとした顔でムトーは彼女を見た。

「けれど、愛し合う二人はとても幸せそう。私にはそれで十分。その幸せを守りたいと思う」

「一度、街に行かないか？」

ムトーの申し出に、エレネシアは首をかしげた。

「君が今帰っても、ただオードゥスにいいように使われるだけだろう。オレに付き合うなら、少しはまともな選択ができるようにしてやる」

「なにを考えているの？」

エレネシアの質問に、ムトーは無言のまま手を伸ばした。知りたければ、付き合えということだろう。

いかなる気まぐれか、まったく判断はつかなかったものの、彼が言う通り、今の彼女には選択の余地すらなかった。

エレネシアは第二魔王の手をとった。

魔法陣が描かれ、目の前が真っ白に染まる。

転移したエレネシアの神眼に都が見えた。

そびえ立つ山と、そこに設けられた基地と都市が一体化した山岳都市。魔弾世界ではオーソドックスな風景だ。

「第三山岳都市ディルフォート」

エレネシアが街の名を呟く。

「来たことがあった？」

「魔弾世界の街はずっと見ていた。けれど、来るのは初めて」

静かにエレネシアはそう言った。

道行く人が、彼女とすれ違う。思い思いの表情を彼女は穏やかに観察していた。

ムトーはしばし彼女を見つめ、それからゆっくり歩き出す。彼の後ろにエレネシアはついていった。

「遠くから見るのとは違う」

「それはそうだろう」

当たり前のようにムトーは言った。

「観戦するなら、魔力が肌で感じられる距離に限る」

「あなたは戦いのことばかり」

僅かに苦笑をたたえながら、エレネシアは言う。

「けれど、間違いではない」

ゆっくりと歩を進めながら、エレネシアは道行く一人一人を優しく見つめている。

世界を創った創造神に、できることは限られている。

ミリティアがそうだったように、せめて世界を見守ることが彼女たちの慈愛なのだろう。

「彼らの幸せを肌で感じられる距離は、とても心地よい」

「幸せとは限らない」

ムトーの言葉に、エレネシアは返事をしなかった。彼女は手をつないで歩いている男女を慈しむように眺めていた。

「……ごめんなさい。なにか言った？」

「つまらないことだ」

ムトーは短く答え、笑みを見せた。

エレネシアは不思議に思ったが、彼がそれ以上なにも言わないので追及することはなかった。

二人はそのまましばらく言葉をかわさず、山岳都市ディルフォートを歩いて回った。

店を見るでもなく、食事をとるわけでもなく、エレネシアはただ人々の様子を観察していた。

創造神テルネスより受け継いだ魔弾世界の住人たちを。彼女にとって、それこそがこの上ない楽しみだった。隣を歩くムトーもなにをするわけでもなく、時折、エレネシアの方を向いては満足そうに笑っていた。

穏やかな時間は刻一刻と過ぎ去っていき、魔弾世界に月が昇る。

街を歩いていた人々も次第に減り、やがてエレネシアとムトーの二人だけになっていた。

「ごめんなさい」

はたと気がついたように彼女は言った。

「ここでなにかしなければいけなかったのでしょう？」

「もう終わったよ」

ムトーはそう口にして、足を止めた。

「エレネシア。約束通り、君を逃がしてあげる」

「……え？」

唐突に言われ、エレネシアは理解が追いつかなかった。

「神魔射手オードゥスと大提督ジジが必要なのは、魔弾世界の創造神だ。鹵獲魔弾で君はこの世界の創造神になった。なら、それと同じことをすれば、君は魔弾世界から解放される」

それは鹵獲魔弾やそれに類する魔法を使い、エレネシアを別の世界の神にしてしまうということだった。

「少し時間はかかるだろうけど、君を元の世界に戻せなくもない」

エレネシアは目を丸くした。

確かに第二魔王たる彼の力なら、神魔射手オードゥスからエレネシアを奪うことができたとしても不思議ではない。

ムトーとの戦いを避けているオードゥスは、そうまでされればエレネシアに執着することはなくなるだろう。目的さえ果たすことができるのなら、彼らにとって創造神は彼女でなくとも構わないのだ。

「いいえ」

迷わず、エレネシアは答えた。

意外そうな顔で、ムトーが問う。

「魔弾世界にいれば、君を待ち受けているのは、滅びへ向かう過酷な運命だけじゃないか」

「帰りたくないと言えば嘘になる」

「帰りたくはないのか？」

当然のことのようにムトーは言った。

「オードゥスは君に《銀界魔弾》の弾丸たる小型銀泡を創造させる。そして、それを続ければ君の根源は確実に消耗し、やがて滅びるだろう」

エレネシアはうなずいた。

すべて承知の上で答えたことだ。

「ここは、私が創った世界ではない。それでも、今は私がこの世界の創造神。私が見捨てては、この世界が可哀想。私はこの魔弾世界と、魔弾世界に生きる人々を愛している」

静謐な声で、慈愛に満ちた表情で彼女は言う。

「逃げることなど、できはしないの」

「……君の思うように、魔弾世界は回らない。君が元々いた泡沫世界とは違う。この世界は主神と元首のものだからね。君は君が愛する人々を、その世界を、弾丸にするために創造することになる」

まっすぐエレネシアを見据え、ムトーは言った。

「小型銀泡はたった一万の根源しか宿していないとはいえ、君にとって数は問題ではないだろう？」

エレネシアはうなずく。

「それでも、ムトー、私の答えは変わりません。たとえ、叶わずとも、どれほど過酷な運命が待ち受けようとも、私は逃げるわけにはいかない」

「なぜ？」

ムトーの問いに、はっきりとエレネシアは答えた。

「自らの世界と運命をともにする。それが私、創造神エレネシアの秩序だから」

「……うーん……そうかぁ……」

どこか軽く、そして少し困ったようにムトーは自らの頭に手をやった。

「仕方ない。じゃ、こうしよう」

ムトーの手が一瞬ブレる。エレネシアがはっとすると、彼女の胸に黒い短剣が突き刺さっていた。

§43.【秩序を愛する者】

エレネシアは呆然と、自らの胸に突き刺さった短剣を見つめている。

最初に彼女の頭を支配したのは驚き。けれども、すぐに疑問が生じた。

おかしなことが二つある。

その短剣は確かに胸に刺さっているのに、血が一滴も流れていない。そして、痛みがなかった。彼女の疑問に答えるように、第二魔王はさらりと言う。

「この短剣は根源刀といってね。オレの根源の半分を刃にした姿だよ」

ムトーは短剣から手を放し、微笑んだ。

「君にあげるよ」

エレネシアはきょとんと彼を見返すしかない。

いったいどういうつもりなのか、彼の真意がまるでわからなかった。

「《銀界魔弾》の弾丸を君が創造したくない理由は三つ」

ムトーは指を三本立てる。

「一つ目、保有根源が少ないとはいえ、生きている世界を弾にすること。二つ目、この弾丸を創造し続ければ、君の根源は削られていき、やがて滅びること。三つ目、《銀界魔弾》がいつかどこかの小世界を撃つということ」

エレネシアに刺さった根源刀を指さし、ムトーは言う。

「その根源と融合すれば、君は強くなる。《銀界魔弾》の弾丸用に、根源を必要としない疑似銀泡を創造できるようになる。強くなった君の根源は、疑似銀泡の創造を続けても、そう簡単に滅びることはない。そして、《銀界魔弾》が世界を撃つ前に、神魔射手と大提督を止めることができるかもしれない。成功するかは、君次第だけどね」

半分とはいえ、あれだけの力を有する第二魔王ムトーの根源だ。それだけの力が手に入っても不思議はないだろう。

「手に取るといい。それでその根源は君のものだ」

エレネシアは静かに目を伏せ、考える。

　彼女が決断できないでいるのを察して、ムトーは言った。

「なにを迷う必要がある？　それを手にしなければ、君にはなんの希望もない」

「……確かに、これは私にとっては希望」

　静謐(せいひつ)な声で、呟(つぶや)くように彼女は言った。

「けれど、あなたは？　根源が半分になっては生きられない。どれだけの力があろうと、その秩序には抗(あらが)えないはず」

　ムトーは指を一本立てる。

「水の中に潜るようなものだよ。一〇〇年に一度、一日だけ返してもらえばいい。それで十分だ」

　一日根源を取り戻すことができれば、その後一〇〇年間は半分のままでいられる。そうして、一〇〇年に一度、息継ぎをしながら生きていくということだろう。

　並の者なら、根源を半分に割ったままで長く生きることできない。第二ムトーの魔力と魔法があってこそだ。

「弱くはなるだろうけど」

「私に根源刀を譲れば、神魔射手と大提督は気がつくだろう。魔弾世界に手を出した報復に、あなたを滅ぼしにくるかもしれない」

「逃げればいい」

　エレネシアは神眼(め)を丸くし、彼を見返す。

　そんな言葉がムトーの口から飛び出してくるとは思いもしなかったのだろう。

「君が言ったことだ。逃げられるのなら、逃げればいい。争いは悪しきことなんだろう？」

「それは……そう」

争わずに済むのならば、それを望まない理由はない。誰もが平穏を求め、欲する。好き好んで、傷つきたい者などいない。

だが、第二魔王ムトーは違う。本心から、そのような平穏を求めたことなど一度もなかった。

ゆえに彼女には不可解だった。

「なぜ、急に心変わりを？」

ムトーは笑みを返す。

「信じられないか？　君を騙して、オレに得はない」

「そうではなく」

ムトーの言う通り、彼にはエレネシアを騙す理由がない。そんな回りくどいことをしなくとも、彼の力ならばエレネシアをどうとでもできるだろう。

言葉などいらない。

第二魔王の力があれば、その身一つであらゆるものが手に入る。根源の半分を譲るなどというリスクを負うなど、馬鹿げたことだ。

ゆえに、本気なのだろう。本気だからこそ、その理由がエレネシアにはまるでわからなかった。

「君はオレに戦う意味を聞いたね」

「はい」

「考えてみたよ。だけどね、なかった」

さらりとムトーは言った。

「なにもなかったよ、理由は。それに気がついたとき、急に飽きたんだ。戦わなくてもいいって気がしてきた」

「……そう」

飽きた、という答えはなんとも彼らしいとエレネシアは思う。だが、納得し難いと感じたのは事実だ。

「君はオレに争いをやめろと言っていたのに、嬉しそうじゃないな」

「いえ」

まっすぐムトーを見つめ、エレネシアは慈愛に満ちた微笑みを見せる。

「あなたの決断はとても喜ばしい。私はそれを歓迎する」

「そうか」

満足そうにムトーは口元を緩ませた。

「けれど、戦わないからといって力を捨てる理由はない。あなたはなぜ、あなたの半身を私にくれるの？」

「愛がなくとも、それぐらいはわかるんじゃないか？」

一度目を伏せ、エレネシアはまたムトーを見た。

彼の想いは、よくわかる。わかるからこそ、彼女は誠実に答えなければと思ったのだ。

「私はあなたに、なにも返してあげることができない。なら、その愛はいつか出会う誰かのためにとっておいた方がいいと思う」

「エレネシア。オレが知っているのは、今、本気で戦えない奴にいつかなどないということだ」

困ったようにエレネシアが微笑む。

「今本気で君を愛せない男に、いつかはあるのか？」

俯いた彼女の髪が、その目元を隠した。

「……わからない。だけど、私には資格がない……」

静謐な声に、ほんの少し、苦しさが滲む。

「神は秩序、私はただ世界を創り、世界のために存在する。たとえ、奇跡が起きて、この心に愛が芽生えたとしても、私はあなたのために生きることはできない」

僅かに体を震わせながら、彼女は言う。

「それは卑怯なことだと思う」

ムトーは首をひねる。

「ああ、そうか」

不思議そうにエレネシアが目を丸くする。

「そう……？」

「君はまさしく世界そのものだ」

今気がついたといったような台詞だった。

その発見が嬉しくてたまらないと言わんばかりに、彼の瞳は輝いていた。

「君の心はこの魔弾世界の秩序の一つで、だから、誰にでも平等で、誰にでも優しい」

それが好ましいことであるかのようにムトーは語る。

「君の慈愛はこの世界に吹く風のようで、だから、その手のひらで叩かれても、オレは害意を感じることができなかった」

世界に吹く風に害意はなく、それを感知することはムトーにもできない。

「エレネシア」

なにかを悟ったかのような顔で、彼は言った。

「オレは秩序としての君に愛を抱いたんだ。この世界を。魔弾世界エレネシアの慈愛を。それなら、卑怯だと思うことこそおこがましい」

風にそよぐエレネシアの髪に、ムトーはそっと指先を触れる。

「秩序が世界のためにあることを。その在り方を。オレは愛しいと思った。そのままの君をね」

「……あなたは、おかしな人」

「別に構わないだろう。秩序を愛しいと思う者がいても」

ムトーは言う。

「見返りなく、世界を愛する阿呆な男が一人ぐらいいたっていいじゃないか。この世界はそんなに狭量ではないだろう？」

「それは……」

俯きながら考え、けれどもエレネシアは笑う。

「そうだと思う」

「この根源の半分を渡せば、君はオレと一〇〇年に一度会う理由ができる。一つの秩序として、世界のために。そうすれば……それなら……オレの愛は、君の在り方を否定しない」

エレネシアの間近に顔を寄せて、囁くように彼は言う。

「それは最高だ」

「ムトー」

静謐な声で囁き、エレネシアは両手で彼の手をとった。

まっすぐ彼女は、彼を見つめた。

世界を愛するなどと本気で語る、おかしな男を。

「あなたの根源は預かっておく。いつか、必要になったら取りに来てほしい」

「いいよ。必要にはならないと思うけど」

ムトーは当然のように断言した。

ふんわりとエレネシアが微笑み、そして胸に刺さった根源刀にそっと触れた。

魔力の粒子が立ち上る。

眩い光が彼女を包み込み、その力が彼女の中に入っていく。

優しく、慈愛に満ちた声でエレネシアは言った。

ありったけの感謝を込めて――

「ありがとう、ムトー。あなたがくれたこの希望で、私は必ずこの魔弾世界を守るから」

光の中、彼女の神眼に映るムトーは、満足そうに笑っていた。

§44.【彼の世界の半分は】

第二魔王ムトーから半分の根源を譲り受けた後、エレネシアは自ら深淵総軍の基地、火山要塞デネヴへ戻った。

エレネシアが疑似銀泡を創造する限り、深淵総軍が奪った銀泡が弾丸となることはない。現時点で《銀界魔弾》はまだ未完成。神魔射手オードゥス曰く、完成には少なくとも一〇〇年以上の時間を要するとのことだった。

理由としては、大っぴらに小世界を撃つ実験ができないのが大きい。それをすれば、他世界の者に勘づかれる恐れがある。彼らは秘密裏に《銀界魔弾》を研究しなければならず、魔法実験は限定された条件でしか行えない。

そのため、《銀界魔弾》の研究は長期化を余儀なくされた。その間は、他の小世界が撃たれる心配はなかった。

エレネシアは魔法実験に本物の銀泡が使われてしまわないように、疑似銀泡を創り続けた。そうすることが、魔弾世界とそこに生きる人々を守るための手段だった。

だが、同時にそれは大きな悲劇に向かう道筋でもあった。《銀界魔弾》が完成し、時がくれば、神魔射手オードゥスと大提督ジジはそれを他の小世界に撃ち込むだろう。

《銀界魔弾》の被害をゼロにする道は、《銀界魔弾》による虐殺と隣り合っている。深淵総軍がその弾丸を撃つ前に、状況を変えなければならない。

先が見えないながらも、エレネシアには不思議と焦りや不安はなかった。

深淵総軍が《銀界魔弾》の開発に難航しているというのもある。

だが、もしかしたらそれは、自らの半身となった根源のおかげなのかもしれない。

第二魔王ムトー。彼の豪胆さがエレネシアの心にも影響を与えている。そんな風に思った。

あの日から、ちょうど一〇〇年が経過した。

彼は一日だけ根源を返してもらうためにやってくる。

そのときに、エレネシアは聞いてみようと思っていた。

この魔弾世界を守る方法を。彼らに《銀界魔弾》を撃たせない手段を。

出会ったばかりだったあの頃より、彼と上手く話せるような予感がした。

魔弾世界の中ならば、エレネシアは自由に行動することができる。世界を人質に取られている以上、彼女は疑似銀泡を創り続ける以外に術はない。神魔射手オードゥスはそのように考えているようだ。

悔しいことに事実だった。

だが、だからこそ、彼女は火山要塞デネヴを普通に抜け出すことができた。

エレネシアが向かった先は、あのマングローブの林だ。

彼が作ったほったて小屋は年月が経ちボロボロになっているが、なんとか原形を保っていた。

屋根の上に座り込み、エレネシアは彼を待った。

今日と決めているわけではない。

二、三日遅れたところで特に問題はないはずだ。

けれど、どうしてか。

彼は今日やってくる。そう思えてならなかった。

日が沈み、夜がやってきて、月が昇った。

あの日、二人で見たのと同じような月だった。

エレネシアは自らの権能を使い、《創造の月》アーティエルトノアを夜空に浮かべた。これが見たかったのだと、ムトーが言ったことを思い出す。

自然と口元が綻んだ。

そのとき……カタ、と音が響く。

こぼれた微笑み(ほほえ)とともに、彼女は振り返る。

その神眼(め)は警戒の色を見せた。

そこにいたのはエレネシアが期待した者ではなく、九つの尾を持つ魔弾世界の主神——神魔射手オードゥスだった。

「こんなところでなにをしていル？」

不可解そうにオードゥスが問う。

「月を見ていただけ」

鋭い視線がエレネシアに突き刺さった。

「……まあいイ。通達ダ。明日から創造する疑似銀泡の数を倍に増やセ」

彼女は疑問を覚えた。

すでに《銀界魔弾(ソネイド)》の開発は、限界ギリギリのペースで行っている。疑似銀泡を多く創ったからといって、深淵総軍は持て余すだけだろう。

大提督ジジも神魔射手オードゥスも、魔力の余裕はないはずだった。

「増やす意味はないはず」

「昨日まではそうだッタ。見るがいイ」

オードゥスの尾が蠢く。光とともに、そこに現れたのは六本の筒だ。《塡魔弾倉》である。

そして、その中心には光り輝く根源が封入されていた。

「第二魔王ムトーを仕留めタ」

エレネシアは息を呑んだ。

黒く、重たく、おぞましい物が全身を押さえつけているような感覚に襲われる。

目の前が暗くなっていき、オードゥスの言葉がひどく遠い。

それでも、聞かなければならないのだと奥歯を嚙みしめ、必死に耳を傾けた。

「ワガハイの権能、この《塡魔弾倉》を使えば、半分になった根源を補塡し、第二魔王のすべての力を引き出すことができル」

「…………ムトーを……」

平静を取り繕おうとした。

けれども、こぼれた言葉は掠れ、自らのものとは思えないほどに弱々しい。

呆然と彼女は《塡魔弾倉》に封入された根源を見つめた。

見間違えるはずもない。なぜなら、その半身は彼女が持っている。確かにそれは、第二魔王ムトーの根源だった。

「《銀界魔弾(ソネイド)》の開発は更に進展するだろウ。そのために、今よりも多くの疑似銀泡が必要ダ」

言葉が出てこない。

呼吸がうまく刻めない。

なぜ……？

なぜ、と疑問が頭をぐるぐると回る。

魔弾世界に来るときに見つかってしまったのか。だとしても、それがわからないムトーではない。根源が半分になったとしても、彼は他者の害意を察知することができる。

接近してくれば簡単にわかる。

戦いを避けるのは容易だったはずだ。

たとえ、神魔射手オードゥス、大提督ジジ、そして深淵(しんえん)総軍の総力をもってしても、彼ならばその素敵魔法の隙をくぐり抜けることができる。

害意を持つ者が、彼を捉えることは不可能だ。こんなことになってしまう理由は思いつかなかった。

「話は以上ダ。務めは果たせ、エレネシア。この世界を守りたくばナ」

そう口にして、オードゥスは《転移(ガトム)》の魔法陣を描く。

「オードゥス」

聞きたくはない。

聞かなければならない。

二つの想(おも)いが胸中で渦を巻く。

葛藤を振り切り、彼女は問うた。

「……ムトーを仕留めたのはあなたの作戦？」

「いいヤ」

オードゥスは言った。

「根源の半分を失ったとはいえ、ワガハイの見立てではムトーを仕留められる可能性は皆無だっタ。かつて、我々がそうしたように、奴は戦いを回避するだろうとネ。だが、深淵総軍が奴を発見したとき、なにをとち狂ったが知らないが、真っ向から向かってきたのダ」

《転移》の魔法が発動し、オードゥスが消えていく。

「キサマに根源の半分を譲り渡したこともそうだが、最後の最後まで理解し難い男だっタ。もっとも、重要なのは結果ダ。おかげで深淵総軍は戦力が上がっタ。奴は我々にとって最高の敵だっタ」

満足そうに言い残し、オードゥスは転移していった。

屋根の上で一人、エレネシアはぽつんと佇む。彼女はそっと自らの胸に手を当てた。

第二魔王ムトーがくれた根源がそこにある。

「……わけが……ない……」

エレネシアは呟く。

呆然と、悟った。

「逃げられるわけがない……」

押し寄せたのは、知らなかったはずの大きな感情。

ようやく、今更ながら気がついたのだ。

彼の嘘に。

自らの愚かさに。

考えてみれば、簡単な話だった。

エレネシアにも、理解できるはずだったのだ。

無理矢理、魔弾世界の創造神にされ、《銀界魔弾》の弾丸たる小型銀泡の創造を強制させられそうになろうと、彼女は逃げなかった。

世界を愛し、世界に生きる人々を愛し、彼らと運命をともにする。

それが創造神エレネシアという秩序であり、彼女という神の在り方であり、決して揺るぐことのない彼女の信念だった。

「あなたも……同じだった……」

いつも戦っていた。

疑問を挟む余地すらなく、強さを追い求めた。

そこに善悪はなく、そこに打算はなく、ただただひたすらにムトーは戦いを愛していたのだ。

だから、逃げなかった。逃げられなかった。

自らの根源が半分しかないことなど、彼にはなんの関係もなく、それは戦わない理由には決してなりはしなかったのだ。

なぜなら戦いこそが彼の人生であり、すべてだったのだから。

勝てるから戦う。勝てないから逃げる。

そんな打算的な選択肢は、最初からなかったのだ。

「……口にしては……ならなかった……」

争いが悪しきことなど。

逃げたければ逃げればいいなどと……

なぜ、あのときの自分はそんなことが言えたのだろうか。

涙の雫がこぼれ落ちる。

そんなにも、残酷な言葉はない、と彼女は思う。

「もらってはいけなかった」

彼が生涯をかけて築いてきた強さだった。

それは彼女がすべてをかけて築き上げてきた世界と同じものだ。

慈しみ、愛し、幸福を願わずにはいられない。世界そのものだ。誰か一人のために、世界の半分を譲ることなどエレネシアにはできやしない。

だが、ムトーはそれを譲ったのだ。

彼の世界の半分を、彼女のために。

「……どうして……………？」

大きな疑問とともに、大きな感情が波を打ち、エレネシアはその場に膝を折った。

幾億の死を見送ってきた。

幾億の命が消えていった。

それでも、このときだけは、なにかが違っていたのだ。立っていられないほどに胸を打つ気持ちを、エレネシアは初めて知った。

「……どうして……私に……？」

もう二度と、答えを聞くことは叶わない。あんなにも無邪気に、理解できないほど簡単に、命を消してきた彼に、どうしても会いたくて仕方がない。

それが悲しくて仕方がない。

それはエレネシアが初めて覚える矛盾で、彼女に芽生えた一つの感情だったのかもしれない。

どうして、彼が一番大切だったはずの強さを譲ってまで、自分を助けたのか。

その気持ちを理解したいと思った。

彼がくれたものが、本当はなんだったのか――

彼が本当に望んでいたものは、なんだったのか――

確かめる術を、失ってしまった今になって、ようやく……

「……あなたは……」

うずくまるようにして、彼女は嗚咽を漏らした。

強い衝動が、口を衝く。そんな疑問に、今更意味はないと知っていながら、それでもなお彼女の胸を強く締めつけた。

「……どうしたかったの……？　どうして、なにも……」

マングローブ林に、ひらり、ひらり、と雪月花が舞い落ちる。一面が瞬く間に雪景色に染まっていく。

「……なにも、言わずに……勝手に……」

夜の空には、鮮やかにアーティエルトノアが瞬いている。

あの日、二人で見上げた月は寂しそうに、泣き崩れるエレネシアを照らしていた。

§45．【魔法砲台】

火山要塞デネヴ。戦艦内。

エレネシアが語る過去に、二人の姉妹は真剣な表情で耳を傾けている。

「第二魔王ムトーには戦いがすべてだった」

悲しげな声がぽとりと落ちた。

彼のことを語るエレネシアは常にそうだった。その表情には憂いをたたえ、その神眼には確固たる決意が覗く。

「それでも、彼は私に根源の半分をくれた」

自らの手をエレネシアはぎゅっと握りしめる。強く、強く、衝動を抑えられないといったように、握りしめた彼女の拳が震えていた。

「私にはその理由がわからない」

「……それは……」

言葉に迷いながらも、サーシャは言った。

「……ムトーは、お母様を……」

「愛しいと彼は言った」

エレネシアは悲しげに微笑む。

「世界の秩序を愛しい、と」

エレネシアは目を伏せ、しばらく沈黙が続いた。

「……だけど、彼は戦い、勝ち取ることができたはず……こんな結末を迎えずとも、彼の力ならば、魔弾世界のすべてを敵に回しても、この銀泡を無傷で手に入れることも不可能ではない……彼はいつだって、自らの望みを叶えることができたはずだった……」

その言葉に、サーシャは口を噤むしかない。

確かに、エレネシアが語る第二魔王の力ならば、魔弾世界を手に入れることも可能だっただろう。

エレネシアの望みを叶えつつ、自らも戦いに敗れない方法があったはずだ。

「……勝手な人……」

震える唇が、小さく囁いた。

「わたしは……」

うつむくエレネシアに、サーシャが言った。

「ムトーがしたこと……なんとなくわかるわ……」

エレネシアが顔を上げ、じっとサーシャを見つめた。

「でも、わたしがそれを言ったって、なんの意味もない」

「それは……そうかもしれない……」

第二魔王ムトーの口から語ったのでなければ、エレネシアは納得しないだろう。

それができない今、彼女は自らの頭で考え、自らの心で感じ、そして見つけなければならない。たとえ手に入らずとも、ほんの少しでも納得のいく答えを。

「私は知りたい。愛を抱いた、と――世界の秩序を愛したと彼は言った。けれど、私にはその想いが、どういうものだったのかわからない。彼がどういう風に、この秩序を愛してくれたのか……わからない……」

唇を噛むようにしながら、彼女は言う。

「私は彼を理解したい。いいえ、理解せねばならない」

エレネシアは静かに瞳を閉じて、そしてゆっくりと開いた。その神眼はこれまでの彼女とはまったく違い、闘志と気迫に溢れていた。

「私は神魔射手オードゥスと戦い、第二魔王ムトーの雪辱を晴らす」

ミーシャが優しく母を見返す。

すぐさま、サーシャが言った。

「それなら、わたしたちも一緒に。三人で力を合わせれば、魔弾世界の主神だろうと必ず勝てるわ」

「確かに、あなたたちの力を借りられれば心強い」

僅かにうつむき、「けれど」とエレネシアは言った。

「それはできない。神魔射手との戦いで使うのは、ムトーの根源の半分、それからそれを補う私の根源だけ。他に誰の手助けもあってはだめ。これは彼の戦いだから。彼と私の」

エレネシアは再び顔を上げる。

「彼はいつも一人で、自分のためにだけ戦っていた。だけど、この根源を私にくれたとき、彼は彼の心を曲げたのだと思う。きっと、そう」

エレネシアは覚悟を込めて言う。

「これ以上は曲げられない。曲げるわけにはいかない。私はまっすぐ、彼のように戦いたい。そうすれば、彼の気持ちがわかるかもしれない。この身に残された彼の根源が応えてくれるかもしれない。彼を……理解できるかもしれない」

罪悪感に駆られたような表情で、エレネシアは心苦しそうに続けた。

「馬鹿なことを、と思うかもしれないけれど……」

「思わないわ」

と、サーシャが言った。

「取り戻せるものがあるなら、ぜんぶ取り戻さなきゃ。ただ敵を倒したって、空しいだけだもの」

僅かにエレネシアは目を丸くする。

それから、薄く微笑んだ。

「あなたは、とても強く育ったのね、アベルニユー」

「あ……ええと……」

照れくさそうにサーシャは目線をそらす。

「わ、わたしの魔王さまが、そういう人なだけ。すごく強くて、だから、負けないように

「……」

「そう」

温かく笑い、エレネシアがうなずく。

「でも、神魔射手オードゥスが一対一に応じるとは限らない」

ミーシャが淡々と言った。

「それは……そうよね……」

思案するようにサーシャは口元に手をやる。

魔弾世界では誇りや名誉よりも、勝利が優先されるだろう。これまでの彼らの言動からすれば、規律や効率が尊ばれる世界だ。

一対一で負ける可能性が少しでもあるのなら、より勝利を確実にする戦力を用意する。こちらの都合で、いざ尋常に勝負ということにはならぬ。

「それじゃ、オードゥス以外はわたしたちが相手をするわ」

「いいえ」

サーシャの申し出を、エレネシアは柔らかい口調で断った。

「それは大丈夫なの。私が挑むのは、主神装塡戦（しゅしんそうてんせん）」

疑問を浮かべる娘たちに、彼女は説明した。

「主神を交代する際に執り行われる魔弾世界の規律の一つ。主神に挑む神族は、主神に勝利することでその立場を取り替える。主神はこの挑戦を拒むことができない」

「……主神を交代するための規律があるのっ？　だって、主神って、世界そのものなんでしよ?」

驚いたようにサーシャが声を上げる。

「魔弾世界のすべてが替えの利く消耗品であり、撃つべき弾丸なの。主神ですら、再装填可能な弾丸にすぎない。敵を撃つため、問題を解決するために、最も効果的な弾丸があれば、それに取り替える。そういった秩序にてこの世界は回っている。他ならぬ神魔射手オードゥスが、それを求めているの」

なるほど。

誰も彼もが一つの弾丸にすぎない、か。

ゆえに、創造神テルネスを弾丸のように消耗し、エレネシアに取り替えた。

主神ですら替えが利くという考えならば、銀泡と住人を弾丸にするのも当然というわけだ。

「主神装填戦にて神魔射手オードゥスを倒し、主神となる。そして、主神の権限にて、元首を交代し、大提督ジジからムトーの根源を取り戻す。それが私の願い」

エレネシアはまっすぐ二人を見つめ、それから言った。

「だから、あなたたちには《銀界魔弾》を止めてほしい」

ぱちぱちとミーシャが瞬きをする。

気がついたように彼女は言う。

「オードゥスを倒しても、《銀界魔弾》は撃てる?」

「ええ。たとえ、大提督ジジ、神魔射手オードゥスが滅びたとしても、《銀界魔弾》はこの世に存在し続ける。あれは元首の魔法でも、主神の権能でもなく、この世界に構築された魔法砲台から撃たれているの」

二人の表情が険しくなった。

「……誰にでも撃てるってこと？」

サーシャが問う。

エレネシアは静かにうなずいた。

「《銀界魔弾(ソネイド)》の砲台そのものを破壊しなければだめ」

そうでなければ、いつ何時、誰の手に渡り、悪用されるやもしれぬ。エレネシアが主神装填戦に勝利したとしても、安心はできまい。

「砲台はどこ？」

ミーシャが尋ねる。

すると、エレネシアはすっと手を伸ばした。

雪月花が舞い、そこにこの火山要塞デネブの地図が創造された。現在位置である四番格納庫と目的地が淡く光っている。

「この基地の動力部。ここが《銀界魔弾(ソネイド)》の砲台が隠されている場所の入口。私も魔法砲台そのものは見たことがない」

サーシャが地図の動力部分を見つめる。

「ここ、青くなってるのはなにかしら？」

「ここはマグマ溜(だ)まり。この第一エレネシアの地底は四割が青いマグマとなっている。青いマグマは豊富な魔力を宿しており、それが《銀界魔弾(ソネイド)》発射の魔力源になっていると思われる」

「じゃ、ここが入口ってことは……？」

サーシャがはっとして、ミーシャに視線をやった。

「《銀界魔弾（ソネイド）》の砲台はマグマの中？」

「恐らく、そう。魔弾世界の中心近く、そこに《銀界魔弾（ソネイド）》の砲台が隠されている」

つまり、青いマグマの海を潜っていかねばならぬということか。ミーシャとサーシャならば可能だろうが、探すのには骨が折れそうだ。

「案内をしたいが、もう時間がない。まもなく、主神装塡戦の時刻。私は行かなければならない」

「え？」

と、サーシャの疑問が口を衝いた。

「でも、わたしたちが侵入しているのに主神装塡戦が行われるかしら？」

サーシャがそう首をひねる。

「それが魔弾世界の文化であり、欠点でもある。規律に従い、すべては定刻通りに進められる。神魔射手が予定を変更することはない。予定の変更は彼らにとっては能力不足と捉えられる。主神の能力不足は、主神交代の意義を示すことにもなる」

雨さえも時刻通りに降る世界だからな。俺たちには融通が利（き）かぬようにも見えるが、魔弾世界の住人にとってはそれが当たり前のことなのだろう。

ましてや主神は世界そのものとも見られている。主神の予定変更は、世界が揺らいでいることに他ならぬ。

「それに神魔射手は主神装塡戦にすぐ決着がつけられると思っている。大提督ジジは侵入者の撃退に、神魔射手の力が必要とは考えていないでしょう」

「……ふーん。舐められたものだわ」

サーシャは好戦的な笑みを覗かせる。

ミーシャは彼女の手をとり、短く言った。

「急ごう」

「あ……うん、そうね」

「お母さん」

ミーシャはその神眼をまっすぐエレネシアに向けた。

「待ってて。《銀界魔弾》の砲台は、必ずわたしたちが破壊するから」

「ありがとう」

静謐な瞳でエレネシアは二人を見返す。

そうして、手のひらをそっと伸ばした。

ミーシャとサーシャの足元に魔法陣が描かれる。

「最後に一つ。深淵総軍の一番隊隊長ギー・アンバレッドは私の味方。表立っては協力できないけれど、あなたたちの力になってくれるはず」

「わかった」

ミーシャがそう答えると、視界が真っ白に染まる。

「また、お母様が主神になった後に会いましょう」

「ええ。必ず」

二人の体は戦艦の外に転移した。すぐにミーシャが走り出し、サーシャはその後を追った。

《銀界魔弾（ソネイド）》の砲台を破壊するために――

§46.【囮（おとり）】

火山基地デネヴ。最下層付近。

深淵総軍（しんえん）の隊長アビニカとガウスを倒した俺とコーストリアは、そのまま火山基地の下層へ進んでいた。

目指すは最下層の司令室だ。

とはいえ、警備を強引に突破することはせず、身を潜めながら移動する。

同行する女は、それがどうも気に入らぬようだ。

「ねえ、いつまで隠れてるの？」

コーストリアが不服そうに言う。その表情には見るからに苛立（いらだ）ちが滲（にじ）んでいた。早く暴れたくて仕方がないのだろう。

「隊長二人を片付けた。姿をくらませば、奴（やつ）らは兵を捜索に使わざるをえまい」

こちらの力が隊長以上だと示した。生半可な戦力では止められぬと知れば、より多くの兵にて警備に当たるだろう。

そこで行方をくらませれば、奴らは通常より多くの兵を要所に向かわせねばならぬ。

ここは魔弾世界の本拠地だ。重要施設はごまんとあるだろうが、奴らはこちらの狙いを絞り切れていない。つまり、戦力の分散につながる。

無論、《銀界魔弾》の魔法砲台を重点的に守りはするだろうがな。それでも、他を捨ておくことはできまい。

結果、ミーシャとサーシャが向かう動力部は手薄となろう。

俺とコーストリアは《変幻自在》にて姿を消し、兵の視線をかいくぐりながら、更に下層へと向かっていく。

「飽きた」

と、うんざりした様子でコーストリアが言う。

「辛抱のない」

「どうせっ」

唇を尖らせ、彼女はそっぽを向いた。

しかし、思ったよりは言うことを聞いた方か。この獣を押さえつけようとしても、長続きはしまい。下手なときに抑制が利かぬよりは――

「ならば、暴れよ」

「……いいの？」

虚を衝かれたように、コーストリアが聞き返す。まるで玩具を与えられた子どものようだ。

「ただし」

俺は魔法陣を描き、そこから魔法の粉を振りまいた。彼女の横に現れたのは、仮面をつけた俺の幻影だ。

「そいつが幻だと気取られるな」

「なにそれ？　私を囮にするの？　ずるくない？」

彼女はその義眼を開き、苛立ったように俺を睨めつけてくる。暴れたいが、利用されるのは気に食わぬといったところか。難儀な女だ。

「お前の力次第だ」

「なにが？」

「要は敵を引きつければよい。そのまま正面突破し、大提督の首をとっても構わぬ」

コーストリアはきょとんとする。

しかし、すぐに嗜虐的な笑みを見せた。

「面白そうね」

彼女にかけた《変幻自在》が解除され、その姿があらわになった。

僅かに足音が響く。

通路と部屋を挟んだ向こう側に、俺たちを捜索している深淵総軍の部隊がいるのだ。

「それじゃ、お先に」

地面を蹴ると、彼女はみるみる加速する。

壁を蹴っては跳ね返り、獰猛な獣の如く、深淵総軍の部隊に真正面から突っ込んでいく。

兵士たちは気がつき、魔弾の魔法陣を描く。

「侵入者を発見……!!」

「これより排除を開始す――」

ぐじゅう、と赤い爪が兵士の体に突き刺さる。

アーツェノンの爪だ。

「ぐ、ぬ……この魔弾世界で、そんなものが……!!」

「獅子傘爪ヴェガルヴ――やっちゃえ!!」

日傘と獅子の爪が一体化した傘爪が回転し、兵士の体を抉る。コーストリアはヴェガルヴに魔力を込め、勢いよく撃ち出した。

回転する傘爪は竜巻と化し、数十名の兵をズタズタに切り裂いていく。

魔弾世界では真価を発揮できぬだろう。だが、それでもなお、アーツェノンの滅びの獅子と雑兵では勝負にならぬ。

「目標を補足」

「撃て!」

コーストリアに無数の魔弾が降り注ぐ。

弧を描きながら、戻ってきたヴェガルヴが魔法障壁を張り巡らし、その魔弾をすべてはじき返す。

居場所が知れたことで深淵総軍が続々とコーストリアのもとへやってくる。

「集中砲火。撃て!」

「うるさい!」

獅子傘爪ヴェガルヴを突き出し、コーストリアは投擲した。

それは弾丸の如く唸りを上げ、無数の魔弾を飲み込みながら直進する。その傘の陰に隠れ、俺は飛んだ。

「ずるいっ……！」

恨めしそうなコーストリアの声を一瞬にして置き去りにし、ヴェガルヴが切り開いた道を突き進んでいく。

ヴェガルヴの勢いが弱まり、再びコーストリアの下に戻った。

俺は真下へ下りる吹き抜けへ飛び込み、そのまま降下した。

深淵総軍は暴れているコーストリアに引きつけられている。手薄になった警備の穴を縫うようにして飛んだ。

しばらくして床が見えた。

着地すると、目の前に通路があった。それ以外に道はない。迷いなく通路に入ると、その先で深淵総軍の部隊が待ち構えていた。

《変幻自在》で姿を隠したこちらに気がつき、迎撃の構えをとっている。

さすがにここまでくると、警備の者もかなりの魔眼の使い手だ。

手加減はいらぬな。

「《極獄界滅灰燼魔砲》」

魔法陣の砲塔に、黒き七重の粒子が螺旋を描く。

奴らは魔法障壁を展開した。

撃ち放たれた終末の火は、幾重にも張られた魔法障壁ごと部隊を焼き払い、通路を黒き灰燼に帰す。

その場に倒れた兵たちは、しかしかろうじて息がある。

睨んだ通り、深淵総軍の中でも精鋭だ。つまり、この先に重要なものがある。

通路の先に視線を向ける。殺風景なドアがあった。魔法障壁と兵士たちに当たったことで威力が軽減されたとはいえ、《極獄界滅灰燼魔砲》の余波を食らいながらも、その部屋もドアも原形をとどめている。

俺は歩を進ませる。

魔眼を凝らさずとも、その中に強い魔力の持ち主がいることは容易にわかった。

「ふむ」

手を伸ばし、ドアに触れる。

すると、自動的にそのドアは開いた。

俺は内部へ足を踏み入れる。

「ここまで来たのは貴様が二人目だ」

声が響いた。

青いガラスに隔たれた向こう側に、豪奢な椅子がある。そこに男が座っていた。

飾緒と勲章がつけられた孔雀緑の軍服。ペリースを左肩にかけ、炎の紋章の制帽をかぶっている。

オルドフの《聖遺言》で見たときと変わらぬ姿だ。

魔弾世界エレネシアが元首、大提督ジジ・ジェーンズである。つまりはここが最下層の司令室だ。

「貴様は誰だ？」

椅子に座したまま、ジジは俺に問うた。

「二律僭主と同じ力を感じるが、しかしあの二律僭主とは微少だが差異がある」

ふむ。

さすがに二律僭主と一戦を交えただけのことはある。

「私の予測ではパブロヘタラの者だろう。聖上六学院のいずれかだ」

ジジは言う。

「ならば、その世界すべてを《銀界魔弾(ソネイド)》で撃つ」

「四つの内、三つが外れでもか？」

俺は仮面を外し、問う。

大提督ジジが鋭い視線をこちらへ向けた。

「一つ当たりならば十分だ、転生世界ミリティアの元首、アノス・ヴォルディゴード」

脅しではあるまい。俺が仮面を外さねば、この男は本当に聖上六学院すべての銀泡を撃っていた。

「《銀界魔弾(ソネイド)》を破棄せよ。世界を撃つ弾丸など過ぎた力だ」

「それはできんよ」

一切の逡巡(しゅんじゅん)なく、大提督ジジは答えた。

「力はただの力にすぎない。重要なのはそれをどのように使うかだ」

「罪なき世界を撃つのがそんなに重要か？」

「左様」

揺るぎない口調でジジは言った。

「銀水聖海の規律のためならば、罪なき世界を撃つ覚悟を持てるもの。それこそが《銀界魔弾》を所有する資格だ、元首アノス」

ジジは片手を上げ、魔法陣を描く。

「すべては絶渦を止めるため。絵画世界アプトミステには、《銀界魔弾》完成の礎となってもらう」

奴がその術式を発動しようとした瞬間、目の前の青いガラスが粉々に砕け散る。

《熾身弾魔銃砲》にて加速した俺は一発の弾丸となり、大提督ジジに蹴りを放った。

寸前のところで魔法を止め、奴は身を捻ってそれを回避する。

「《覇弾炎魔熾重砲》」

放った魔法は奇しくも同じもの。十数発の青き恒星が光の尾を引き、同じ蒼き恒星と衝突する。

周囲が炎に包まれ、青き火の粉が乱舞する。俺と奴は《熾身弾魔銃砲》にて、またしても同時に突進した。

身に纏った炎と炎が鎬を削り、僅かに角度がズレた俺とジジはすれ違う。地面に足をついて急停止し、右手に魔法陣の砲塔を描く。

俺の手がジジの顔面に突きつけられ、ジジの手が俺の顔面に突きつけられる。

「絶渦とやらがそんなに怖いなら、俺が止めてやろう」

「できんよ。あれは、そういうものではない」

奴（やつ）の手のひらに魔力が集中し、至近距離にて魔弾が放たれた。

§47.【撃ち合い】

「《魔深根源穿孔凶弾（ベリアリウス）》」

「《極獄界滅灰燼魔砲（エギル・グローネ・アングドロア）》」

激しい魔力の奔流とともに、二つの滅びが唸（うな）りを上げる。手を伸ばせば届くほどの至近距離にて、突きつけ合った魔法の銃口から弾丸が発射される。

終末の火がジジの顔面に放たれ、刺滅の凶弾（しめつきょうだん）が俺の鼻先へ迫った。黒き粒子と青き粒子が鬩（せめ）ぎ合い、滅びの余波が派手な爆発を巻き起こす。

俺がかわした《魔深根源穿孔凶弾（ベリアリウス）》は強固な外壁を貫通していき、大提督が避けた《極獄界滅灰燼魔砲（エギル・グローネ・アングドロア）》は室内の一部を黒き灰に変えた。

互いに一歩遠のいた間合いにて、俺とジジは右手と右手を突き合わせる。

「《極獄界滅灰燼魔砲（エギル・グローネ・アングドロア）》」

「《魔深根源穿孔凶弾（ベリアリウス）》」

至近距離にて、滅びの魔法が再び激突する。

刺滅の凶弾は終末の火に突き刺さり、黒き灰燼(かいじん)と化しながらも、その中心を貫通した。

押し迫る《魔深根源穿孔凶弾(ベリアリウス)》が俺の右手をすり抜けていき、胸を抉(えぐ)る。

根源から魔王の血がどっと吹き出し、周囲を腐食させていく。凶弾に貫かれた《極獄界滅灰燼魔砲(エギル・グローネ・アングドロア)》も完全に死んではいない。

四方に分散しながらも、終末の火の粉が大提督ジジに襲いかかり、奴(やつ)の体を炎上させた。

黒き《深源死殺(ベブズド)》の右手にて、俺は自らの胸の傷口を更に抉(えぐ)る。根源に食い込んでいる《魔深根源穿孔凶弾(ベリアリウス)》をわしづかみにして、勢いよく引き抜いた。

「滅ぼせぬものなど存在せぬ」

思い切り右手を握り、ぐしゃりとその弾丸を潰す。

「我が軍はすでに分析を完了した」

黒き炎の奥から、大提督の声が響く。

「絶渦を止めるのは《銀界魔弾(ゾネイド)》のみ」

突風が黒き炎を切り裂き、弾(はじ)き飛ばす。

ジジは左腕を横に振り切り、左肩のマント——ペリースをなびかせていた。なんらかの魔法具だろう。それを用いて、《極獄界滅灰燼魔砲(エギル・グローネ・アングドロア)》を防いだのだ。

「この程度の弾丸ではイレギュラーになりはせんよ、元首アノス」

「ふむ。力を見せればいいのか？」

地面を蹴り、間合いに踏み込む。

「話が早い」

《深源死殺(ベブズド)》の拳を奴(やつ)の土手っ腹にぶち込む。ジジの体は僅かに浮いたが、この魔弾世界の秩序では薄皮一枚傷つけることができぬ。

「効かんよ。我が世界の理がまだ理解できんか」

「なにを言っている？」

拳を開く。終末の火が煌々(こうこう)と燃えていた。《深源死殺(ベブズド)》と同時に発動した《極獄界滅灰燼魔砲(エギル・グローネ・アングドロア)》を握り込み、隠していたのだ。

魔弾を放とうとしていたジジは、咄嗟(とっさ)に反魔法に切り替える。直後、終末の火が奴(やつ)の体を飲み込んだ。

「俺が未(いま)だこの世界に適応できぬと思っているなら、深淵(しんえん)総軍の分析とやらも大したことはない」

俺の背後に、魔法陣の砲塔がずらりと並ぶ。その数は十と四。すべての砲塔から黒き粒子が立ち上り、七重の螺旋(らせん)を描く。

「《極獄界滅灰燼魔砲(エギル・グローネ・アングドロア)》」

終末の火が次々と大提督に襲いかかる。

奴(やつ)は左肩のペリースにて、それを受け止め、あるいは弾(はじ)き返(かえ)しながら、右手で《魔深根源(ベリア)穿孔凶弾(リウス)》を連射した。

「《掌握魔手(レイオン)》」

夕闇に染まった手掌にて、《魔深根源穿孔凶弾(ベリアリウス)》を受け止める。《魔深流失波濤砲(ベレニツィア・ノイン)》とは違い、それは爆発することなく、俺の掌(てのひら)の中で威力を増幅させていく。

「どうやらすべての魔法に《掌握魔手(レイオン)》の対策を施せるわけではないようだな」

ゆるりと振りかぶり、《魔深根源穿孔凶弾(ベリアリウス)》を投げ返す。その弾丸はゴォッと唸(うな)りをあげ、大提督の放った《魔深根源穿孔凶弾(ベリアリウス)》を貫通し、なおも奴(やつ)に迫る。

大提督はその攻撃だけはペリースを使おうとはせずに、飛行して避けた。

奴(やつ)の指の照準が俺に向けられる。

「《魔深根源穿孔凶弾(ベリアリウス)》」

再び刺滅の凶弾が俺に襲いかかる。それを《掌握魔手(レイオン)》にてつかんだ瞬間、今度は魔弾が弾(はじ)けた。

俺の体に青い文様が張り付いている。

呪いの類いではない。体を動かすのに支障はない。魔法を封じるといったわけでもなさそうだ。

唯一はっきりしているのは、《魔深根源穿孔凶弾(ベリアリウス)》に見せかけた違う魔法だということだ。

「もう一つ聞こう。なぜハイフォリアの先王を撃った？」

大提督にそう問いただす。

「この期に及んでは、もはや聞くまでもあるまい。《銀界魔弾(ソネイド)》の機密を知ったからだ」

俺の問いに、あっさりとジジはそう答えた。パブロヘタラへの回答は渋っていたにもかかわらず、こうも簡単に認めるとはな。

元よりただの時間稼ぎだったか。

「隠し通せぬとわかっていながら、愚かな真似(まね)をする。いかに絶渦とやらを未然に防ごうと、パブロヘタラや他の世界を敵に回せば、魔弾世界に平穏はあるまい」

「オルドフと同じく、理想主義者よ。どこが敵に回った程度で崩れるものなど、我が世界の求める平和ではない」

言葉を返しながらも、大提督ジジは魔法陣の銃口をこちらへ向ける。

「銀水聖海のすべてを敵に回そうと揺るぎもしない軍事力、それこそが我々深淵(しんえん)総軍が求める真の平和だ」

魔法陣から《魔深根源穿孔凶弾(ベリアリウス)》が次々と撃ち放たれた。迫り来る凶弾の雨をくぐり抜け、飛(と)び退(の)いては身をかわしていく。

威力はなかなかどうして凄(すさ)まじいが、避けられぬほどの魔弾ではない。

「ずいぶんと脆(もろ)い平和だ」

俺の指先から黒き粒子が溢(あふ)れ出(だ)す。渦巻く魔力が像をなし、目の前に魔法陣の砲塔を構築していく。

「《極獄界滅(エギル・グローネ)――》」

その砲塔を奴(やつ)に向ける。

俺の魔法砲撃をすでに見切ったと言わんばかりに、すでに大提督ジジは左肩のペリースを盾にしていた。

これまでの使い方から察するに、あの魔法具は《魔弾防壁(ゴルロム)》とほぼ同等の特性を持つ魔法障壁だ。魔弾には無類の力を発揮し、防御しながらの砲撃を可能とする。その分、ペリースが覆う範囲しかカバーできぬが、大提督はそれで十分に魔弾を捌(さば)ききる自信があるのだろう。

「――《灰燼魔砲(アングドロア)》！」

終末の火を撃つと同時に、《熾身弾魔銃砲(ウエネルガロン)》にて青き炎を纏(まと)う。

己の体を弾丸に変え、俺は大提督ジジに押し迫った。《極獄界滅灰燼魔砲(エギル・グローネ・アングドロア)》と《熾身弾魔銃砲(ウエネルガロン)》の同時攻撃だ。《極獄界滅灰燼魔砲(エギル・グローネ・アングドロア)》をどう防ごうと、その瞬間、ペリースの隙間に《熾身弾魔銃砲(ウエネルガロン)》の一撃を食らわせられる。

刹那の判断。

大提督ジジはペリースを盾にしたまま、俺に《魔深根源穿孔凶弾(ベリアリウス)》を放つ。

唸(うな)りを上げて発射された弾丸を《掌握魔手(レイオン)》にてつかむ。

いや、つかめなかった。その魔法は再び弾(はじ)け、俺の体に二つ目の青い文様をつけた。

同時に奴(やつ)は真横に飛び、《極獄界滅灰燼魔砲(エギル・グローネ・アングドロア)》と《熾身弾魔銃砲(ウエネルガロン)》、その両方から身をかわす。

「《掌握魔手(レイオン)》」

俺の真横を飛ぶ《極獄界滅灰燼魔砲(エギル・グローネ・アングドロア)》をつかみ、その魔力を増幅しつつ、横に身をかわした大提督へ投げつける。

「《熾身弾魔銃砲(ウエネルガロン)》」

同時に膨大な魔力を噴出し、弾丸と化した己の身を直角に曲げた。

再び二つの弾丸が大提督に押し迫る。

避ければ、また狙いを変える。繰り返せば、《掌握魔手(レイオン)》で《極獄界滅灰燼魔砲(エギル・グローネ・アングドロア)》の威力が高まっていくのみだ。

それを悟ったか、大提督は俺を迎撃する姿勢をとった。

「来るがいい、ひよっこが」

青き魔力が奴（やつ）の両手に集中する。

ペリースを構えず、奴（やつ）は俺と《極獄界滅灰燼魔砲（エギル・グローネ・アングドロア）》に対して、二つの魔弾を放った。

「《魔深流失波濤砲（ベレニツィア・ノイン）》」

《掌握魔手（レイオン）》ではつかめぬが、弾（はじ）き飛（と）ばすことはできる。

両の手を夕闇に染め、迫り来る青き魔弾に触れようとしたその瞬間——俺の体につけられた二つの文様が膨大な魔力を発し始めた。

「《魔深連鎖誘爆弾印（ゴルソロス）》」

《掌握魔手（レイオン）》の手に触れるより早く、《魔深流失波濤砲（ベレニツィア・ノイン）》は爆発し、連鎖するように二つの文様が爆炎に包まれる。

ジジは表情を険しくした。

「誘爆の魔法か」

爆炎を切り裂き、俺は大提督に肉薄していく。

文様を刻むほどに威力が上がり、魔弾に誘爆する《魔深連鎖誘爆弾印（ゴルソロス）》。

一度文様を刻まれてしまえば、どこへ移動しようともそれはついてくる。回避することは不可能だ。

ただ一瞬、爆発の瞬間を除いては——

俺は《涅槃七歩征服（ギリエリアム・ナヴィエム）》を使い、爆発と同時に一歩目を踏み込み、《飛行（フレス）》を使った。

体の表面にて爆発した《魔深連鎖誘爆弾印》の爆炎が広がるよりも速く加速し、直撃を避けたのだ。

二歩目——

《熾身弾魔銃砲》にて更に加速し、先に放った《極獄界滅灰燼魔砲》を追い抜く。そのまま大提督に突っ込んだ。

奴は《魔深根源穿孔凶弾》を撃ち放つも、弾丸と化した俺の指先がそれを粉砕する。

奴の体に《熾身弾魔銃砲》の蹴りを叩き込んだ。大提督は咄嗟にペリースにてそれを防ぐ。

更に《魔弾防壁》を展開する二重の防御だった。

《熾身弾魔銃砲》の勢いのまま奴を力尽くで押し込んでいく。しかし、その防壁は堅く、破れない。

三歩目——

俺は右手を伸ばす。途中で追い抜いた《極獄界滅灰燼魔砲》が後ろからやってきていた。それを《掌握魔手》にてつかみ、至近距離で叩きつける。

「む……ぐぅ……!?」

大提督ジジが、その目を見張る。

黒き光を放ちながら終末の火がペリースと《魔弾防壁》を灰燼に帰し、奴に直撃した——

§48．【主神装塡戦】

神界。大砲樹バレン。

大地には巨大な樹木がそびえ立つ。

植物というには無機質であり、樹皮は金属のように硬質だ。その幹は巨大な大砲であり、その枝は長い銃口である。

魔力のように銃口に集うのは火露の輝き。この場は魔弾世界が主神、神魔射手オードゥスの神域であった。

創造神エレネシアは、その大地に立っている。

視線の先には九つの尾を持つ主神、オードゥスがいた。

「定刻ダ。これより、主神装塡戦を開始スル」

オードゥスがそう言うと、彼の尾がうねうねと蠢く。尾の先にある銃口がエレネシアへ向けられた。

「誓約せヨ」

エレネシアは肯定を示すように、大砲樹バレンに手を触れる。

静謐な声で、彼女は言った。

「あなたが勝てば、私は根源と引き換えに新たな創造神を創る。その子は魔弾世界をより広く、豊かな世界へと創り変える」

エレネシアは、元々ミリティア世界の創造神。《源創の月蝕》を生涯に二度だけ使うことが許される。

限界を迎えた世界を創り直すためのその権能を、魔弾世界に使えば、更なる力を得られるだろう。第二魔王ムトーの根源を持つエレネシアにはそれだけの魔力があった。

オードゥスは彼女と同じく、大砲樹に手を触れた。

「キサマが勝てば、この神域、大砲樹バレンを受け継ぎ、新たな主神として魔弾世界に君臨するル」

二人の手の平から魔力が走り、大砲樹バレンに契約の魔法陣が浮かび上がった。

エレネシアとオードゥスは互いに視線を向け、静かに身構える。

「一つだけ、聞きたい」

エレネシアが問う。

「私が主神になれば、魔弾世界は大きく変わる」

「そうだろうナ」

大したことではない、といった風にオードゥスは同意を示す。

「あなたはそれをどう思うの？」

「主神か創造神、いずれにしてもこの世界に新しき魔弾が装填され、ワタシたち深淵総軍の戦力は増強するル」

神魔射手オードゥスは当然のことのように答えた。

「キサマが主神になり、この世界を変えるならば、それは魔弾世界にとって必要な弾丸だったということダ」

「あなたの本意ではないはず」

「そう思うカ？」

　エレネシアの表情に疑問が浮かぶ。

「まだ予定には早イ。この主神装填戦の決着が見える頃にはわかるだろウ。今は本意ではないと言っておク」

　回りくどい言い回しだったが、オードゥスはエレネシアを煙(けむ)に巻(ま)こうとしているようには見えなかった。

　彼の表情は、真剣そのものだ。

「なぜならば、長きに亘り、準備した《銀界魔弾(ソネイド)》をキサマは破棄しようとしているからダ。この魔弾世界が、敵を撃たず、軍拡もせず、夢物語を追いかける腑抜(ふぬ)けた銀泡と化ス」

嫌悪(けんお)感さえ表さず、オードゥスは冷静にエレネシアの理想を否定する。

「だが、キサマが勝ったならば、その腑抜(ふぬ)けた弾丸こそが強いということダ。ワタシは言葉に価値を置かなイ。正義は正しク、悪が間違っているカ？　優しさは素晴らしク、憎しみは愚かなことカ？　誰が決めル？」

　オードゥスは問い、そして自ら答えた。

「勝者ダ。ワタシの独裁も、キサマの夢物語も、結局は同じことなのダ。規律に則(のっと)り、互いの弾丸をぶつけ合い、勝利したものが権利を得ル。それでいイ」

「勝った方はただ勝っただけ。正しいわけではない」

「正しさに価値はないと言っているのダ。なぜならば、それを正しいと示せるのは勝者だけダ」

二本の尾銃に魔力が集中し、エレネシアに狙いを定める。

「だからこその主神装填戦であル」

尾銃が火を噴く。

放たれた赤い魔弾は轟々と唸りを上げ、エレネシアに押し迫る。

そっと手の平を前に出し、彼女は雪月花を舞わせる。雪の大砲がそこに創造され、雪の魔弾を撃ち放った。

両者は激突し、魔力の粒子を散らしながら相殺される。

更にオードゥスとエレネシアは魔弾を連射していく。威力はほぼ互角。魔弾と魔弾を相殺させながら、互いに一歩も引かず撃ち合った。

「《魔深流失波濤砲》」

オードゥスは九つの尾銃から、九つの青き魔弾を発射する。魔弾世界における深層大魔法の一つだ。それを九つ同時に発射するとは、さすがに主神といったところか。

そもそも、神族の頂点に位置するからこそ、主神なのだ。魔弾世界の秩序に従う限り、他の神族では勝ち目がない。

本来ならば――

「《魔深流失波濤砲》」

雪月花にて九つの魔法陣を描き、エレネシアはそこから青き魔弾を発射した。

《魔深流失波濤砲(ベレニツイア・ノイン)》と《魔深流失波濤砲(ベレニツイア・ノイン)》の衝突でけたたましい爆発が巻き起こる。神域が激しく揺れていた。

エレネシアにはムトーの根源の半分がある。魔弾世界の秩序に囚(とら)われることのない第二魔王の力が。

それにより、彼女は魔弾世界の秩序から半歩踏み出す。勝機があるということだ。

「アーティエルトノア」

静かにエレネシアが手をかざす。すると、神域に夜が訪れ、空には創造の月、アーティエルトノアが昇った。

「銀の雨」

夜の空が瞬(また)き、創造の月が粉々に砕け散る。その一つ一つがあたかも雨の如(ごと)く、神魔射手オードゥスめがけて降り注いだ。

ドドドドドド、と絶え間なく降り注ぐ銀の雨が神域の大地を抉(えぐ)っていく。オードゥスは後退し、雨の隙間を縫うようにしてそれをかわしていくが、雨脚は激しさを増す一方だった。

「《魔弾防壁結界要塞(ゴルロム・デブラゲルド)》」

九つの尾がそれぞれ魔法陣を描き、そこに防壁が出現する。

魔力の防壁は幾重にも積み重なっていき、多面体を形成、結界を構築する。それが更に積み重なり、まるで要塞のような魔法障壁が作り上げられた。

降り注ぐ銀の雨は、その要塞結界に阻(はば)まれる。

だが、月の欠片(かけら)は地に落ちることなく、要塞結界を包囲するように浮遊したままだ。

その一つ一つが白銀の光を放ち、オードゥスの踏みしめる大地を創り変えていく。

巨大な穴が空き、《魔弾防壁結界要塞》ごと奴は真下に落ちていく。

創造されたのは、滝だった。しかし、どれだけ落ちても一番下の滝壺には辿り着かない。みるみる穴の長さが伸びている。滝が創造され続けているのだ。

「アーティエルトノア」

再び創造の月が夜空に昇る。

飛び上がったエレネシアの姿が、月明かりに映し出された。

「水天射月」

滝壺の水面にはアーティエルトノアが映っている。

その白銀の水月が浮かび上がり、魔弾の如く発射された。オードゥスの真下から勢いよく月が迫り、要塞結界に直撃した。

白銀の粒子が周囲に飛び散り、《魔弾防壁結界要塞》に亀裂が入った。

それだけでは終わらない。

滝壺の水面にはまだアーティエルトノアが映し出されている。

月が夜空にある限り、水月の魔弾は何度でも装填されるのか。再び発射された水天射月が、《魔弾防壁結界要塞》に直撃し、無数の亀裂を走らせた。

更にもう一発、水月の魔弾が発射される。

「第二魔王ムトーの力は素晴らしイ」

オードゥスはそう口にして、魔法陣を描いた。

「だが、キサマの弾丸はワタシには届かなイ」

その魔法陣の深淵を覗き、エレネシアははっとする。

「《銀界魔弾》」

世界を撃ち抜く銀滅魔法が発動する。

それはエレネシアを狙ったものではない。この神域内に弾丸は発射されていない。しかし、エレネシアが放った水月の魔弾が消えた。

「《魔深流失波濤砲》」

オードゥスの尾銃が火を噴く。

青き魔弾が直進し、上空に浮かぶ創造神エレネシアを撃ち抜いた。雪月花による護りさえ間に合わず、彼女はその爆発を体一つで受け止める。

人の姿を保っているのは、ムトーの根源の恩恵だろう。

だが、彼女が創造した滝も、空に浮かぶ月も消え去っている。彼女の魔力が、消え去ってしまったかのように。

「《銀界魔弾》を使えば、キサマは疑似銀泡を創造しなければならなイ。そうでなければバ、弾丸として撃ち出されるのは我々が保有する銀泡。一発目は第六エレネシアであル」

本物の銀泡が《銀界魔弾》の弾丸になれば、そこに住む多くの住人が命を失う。

それを避けるため、エレネシアは疑似銀泡を創造せざるを得ない。

「疑似銀泡を創造すればバ、キサマは根源を削ることになル。創造の月はおろか、殆どの権能、魔法を使うことはできなイ」

オードゥスが悠長に話しているのも、勝利を確信しているからだろう。このままでは戦いにすらならぬ。

「あなたは主神に相応（ふさわ）しくない。私が疑似銀泡を創らなかったら、あなたは意味もなく、自らの銀泡を犠牲にしていた」

「第六エレネシアにいるのは、使えない老人だけダ。キサマの覚悟を確かめられるなら、有効な使い道だろウ」

その言葉に強く憤（いきどお）りを覚えたように、エレネシアはオードゥスを睨（にら）む。

「キサマが犠牲を許容しない限リ、キサマの弾丸はワタシには届かなイ。キサマの夢物語は弱いということダ」

「そうかもしれない」

全身をボロボロにされながらも、エレネシアは言う。

「けれど、あなたの独裁も強いわけではない。私がそれを教えてあげる」

§49. 【対抗策】

絵画世界アプトミステ。雲海迷宮（うんかいめいきゅう）。

激しい剣戟（けんげき）と魔力の火花が散る。

幾度となく激突する力と力が渦を巻き、雲海に穴を穿（うが）った。

絡繰神を操る隠者エルミデに対するは、レイ、バルツァロンド、フレアドールの三者。

その死闘は凄絶を極めていた。

バルツァロンドの放った矢が目にも留まらぬ速度でエルミデを襲う。二射、三射――と、矢を放つ度に狙いは鋭くなり、威力が増していく。隠者エルミデには当たらない。だが、バルツァロンドの狙いは奴の動きを制限することだ。

エルミデの回避方向で待ち構えていたフレアドールが、狩猟剣を振り下ろし、動きを縛った。束縛が解かれるより早く、真正面から突っ込んだレイが、霊神人剣にて絡繰神の体を真っ二つに断ち切った。

これで七度目。されど、何度斬り裂こうと隠者エルミデが操る絡繰神の体は、半液体状となり、修復される。

魔力は消耗しているはずだが、底をつく気配はない。

反対にレイたちは追い詰められていた。

奴が使う輝神剣ヴァゼスタの傷は、簡単には癒えない。回復魔法に集中すれば、攻めも守りも疎かになり、エルミデにつけいる隙を与えてしまう。

次第にダメージは蓄積していき、体の動きが鈍くなる。

三人の連係でどうにか凌いではいるものの、一人でもエルミデの動きについていけなくなれば、一気に形勢が傾くだろう。

特に《覇弾炎魔熾重砲》の直撃を受けていたフレアドールが限界ぎりぎりだ。

ゆえに、彼らは勝負に出た。

「はあっ……!!」

バルツァロンドの矢を避けたことにより、エルミデの体勢が僅かに崩れたところに、レイがエヴァンスマナを一閃(いっせん)した。

狙いは輝神剣ヴァゼスタを持つ右腕。これまでの限界を超える速度で敵の予測を上回り、剣ごと奴(やつ)の右腕を斬り離した。

「フレアドール！」

「わかっています！」

切り離された右腕めがけ、フレアドールは狩猟剣アウグストを振るう。

「《聖覇狩道(モーテス)》ッ！」

狩猟剣アウグストから真っ白な線が走り、格子(こうし)状に右腕を取り囲む。

半液体状になった右腕は、それでも動く。

それは輝神剣を運びながら、《聖覇狩道(モーテス)》に勢いよく激突したのだ。だが、鋭い切れ味を誇るその剣ですら、傷一つつけることができなかった。

「我が狩道(しゅどう)は、獲物を捕縛するもの。この《聖覇狩道(モーテス)》の中から逃げることは、何人たりとも叶(かな)いません！」

狩猟剣アウグストに魔力を込めながら、フレアドールは《聖覇狩道(モーテス)》を更に強固にする。捕縛に特化した結界とはいえ、あの絡繰神の右腕を抑え続けるとなれば、全精力を傾けなければなるまい。

「ヴァゼスタを奪おうと貴様らは勝てんよ」

エルミデは魔法陣を描き、《覇弾炎魔熾重砲》を連射する。

レイはそれを斬り裂いていく。バルツァロンドが連射した矢にて、その悉くを爆発させる。

「《断罪刃弾》」

エルミデが降り下ろした左手から、真っ赤な斬撃が放たれた。霊神人剣にてレイがそれを受け止めるも、勢いは止まらない。激しい魔力の粒子が迸り、《断罪刃弾》は彼を押し込んでいく。

「ふっ!!」

渾身の力で、レイがそれを切り落とす。

瞬間、彼は目を見張る。目の前に二撃目の《断罪刃弾》が迫っていた。このタイミングでは、避けようもない。

「レイッ！」

レイの視線に映ったのは、バルツァロンドが放った鏃のない矢だ。レイの体はそれに突き飛ばされる形で、《断罪刃弾》をかろうじてかわす。

間髪を容れず、エルミデが突っ込んできた。左腕と、先のない右腕、その両方に赤い魔力が集中している。

「《断罪刃弾》」

「――《天牙刃断》！」

霊神人剣が秘奥にて迎え撃つ。

二本の《断罪刃弾》と、無数の刃が鬩ぎあい、魔力場が荒れ狂う。レイの体が弾け飛んだ。

　彼は体勢を立て直し、エルミデに視線を向けた。

「一気に消滅させないと、だめそうだね」

《天牙刃断》によって絡繰神の左腕と右足は切断された。だが、それもあっという間に復元されてしまった。

「そうじゃなかったら、アレを一度バラバラにして、フレアドールの《聖覇狩道》で一つずつ捕獲してもらうか」

　レイの背後でバルツァロンドは弓を構える。

「問題ありはしない」

　バルツァロンドは笑みを覗かせる。

　隠者エルミデの背後から、十字の砲弾が押し迫った。咄嗟に反転し、奴は魔法障壁を張り巡らせる。

　だが、その砲弾は無数であり、集中砲火を受けた魔法障壁に一瞬で亀裂が入る。

　直後、虹の光線が直進し、エルミデを貫いた。

「こちらの援軍が間に合った」

　バルツァロンドが言う。

　雲間をくぐり抜け、雲海迷宮にやってきたのは聖船エルトフェウス。甲板にいるのは聖剣世界ハイフォリアが主神、祝聖天主エイフェ、そして聖王レブラハルドだ。

「待たせたね、隠者エルミデ。我々、パブロヘタラが相手をしよう」

　レブラハルドがそう言葉を飛ばす。

祝聖天主エイフェ、聖王レブラハルド以外にも、強い魔力が見える。鍛冶世界元首ベラミーと傀儡世界軍師レコルだ。ベラミーは絵画世界に空いた穴を塞ぎに向かっている。

レコルはいかなる魔法か、姿を隠し、エルミデを観察しているようだ。機を窺っているのだろう。

「いいや。相手にはならんよ、ハイフォリアの聖王」

焦ることなく、エルミデはそう口にした。

「我は待っていたのだ。パブロヘタラの聖上六学院、その元首を一網打尽にするために」

瞬間、雲海迷宮の雲という雲が弾け飛ぶ。あたかも、予定通りであるかのように。

眩い光とともに、爆発したのは聖船エルトフェウスの後部だ。船体には巨大な穴が空き、浮力を失い落下していく。

「これは……」

バルツァロンドが目を見開く。

「《銀界魔弾》……！」

奥歯を噛み、レブラハルドが魔眼を凝らす。

どこから弾丸が飛んできたのか、まるでわからなかったのだ。だが、確かにそれは絵画世界アプトミステを撃ち抜き、聖船エルトフェウスに着弾した。

「恐れることはなき」

祝聖天主エイフェが翼を広げ、虹の光を放った。それは聖船を包み込み、かろうじて船体の崩壊を食い止める。

「恐れるべきだったな、ハイフォリアの天主よ」

隠者エルミデが言う。

次の瞬間、聖船エルトフェウスを包む虹の光が撃ち抜かれた。しかし、船は無事だ。持ちこたえたわけではない。《銀界魔弾(ソネイド)》の狙いはエルトフェウスではなく、銀泡そのもの。

今度は絵画世界アプトミステの大地に大穴が空いていた。そこから亀裂が入り、次第に大地の傷は広がっていく。

これで三射目だ。

いかにアプトミステが深層世界でも、これ以上は耐えられまい。エイフェがその手から、神聖なる虹の光を放つ。

それは大地を祝福し、徐々に穴を埋めていく。

「三分かかる。それまで撃たせてはだめ」

エイフェがそう口にした頃には、レブラハルドがすでに甲板から飛び立ち、絡繰神へ突っ込んでいた。

「わかっているよ」

「《断罪刃弾(ゲゼルデ)》」

隠者エルミデが赤い斬撃を降り下ろす——だが、寸前で軌道が歪(ゆが)められた。バルツァロンドの放った矢が、僅かにエルミデの腕を押し、狙いをズラしたのだ。

それを信じていたか、迷いなく直進したレブラハルドが、絡繰神の胸めがけ、祝聖礼剣を突き刺した。

だが——

「我を止めたところで、事態は変わらんよ。ここからでは、《銀界魔弾(ソネイド)》を止める手段はない」

カッと眩(まばゆ)い光が走り、大地が震えた。

四射目の《銀界魔弾(ソネイド)》に、けれども絵画世界アプトミステは健在だった。大穴の前にはレイがいる。

「——《廻天虹刃(かいてんこうは)》」

《銀界魔弾(ソネイド)》は目に見えない。だが、絵画世界アプトミステを破壊するなら、狙いは最も損傷の大きいその大穴である可能性は高い。

レイは相手が狙ってくるだろうその場所に位置取り、《銀界魔弾(ソネイド)》の着弾を肌で感じて、斬り裂いたのだ。

霊神人剣秘奥(ひおう)が伍(ご)、《廻天虹刃(かいてんこうは)》は、切断した攻撃の魔力を、虹刃(こうは)に変換する。

だが、《銀界魔弾(ソネイド)》の威力は凄(すさ)まじく、虹刃はみるみる増えていく。

あっという間にそれは三三本に達した。

虹刃に変換しきれなかった《銀界魔弾(ソネイド)》が荒れ狂うように爆発する。それをレイはエヴァンスマナの力で、どうにか抑え込もうとする。

「ぐっ……!!」

鮮血が散った。

完全には抑えきれなかった爆発の余波が、レイを飲み込んだのだ。

だが、痛みを意に介さず、彼はエヴァンスマナをぐっと握りしめる。まだ終わりではないのだ。

「霊神人剣、秘奥が伍――」

「遅い」

レブラハルド、バルツァロンドを相手取りながら、エルミデが言った。

《廻天虹刃》よりも先に、五射目の《銀界魔弾》がレイに着弾した。

世界を貫く弾丸が、魔力の大爆発を巻き起こす。

霊神人剣から青白き光が溢れ出し、それを包み込むようにして受け止める。

一瞬の拮抗。だが、防ぎきることはできず、光から漏れ出た《銀界魔弾》の爆炎が大穴に降り注ぐ。

大地の穴が再び広がり始めた。

エイフェの祝福が弾け飛んだ。

「まだ、だ……！」

「無駄な抵抗にすぎんよ。貴様らでは」

なおも、《銀界魔弾》の威力は生きている。

レイが力をふり絞り、五射目の《銀界魔弾》をどうにか《廻天虹刃》にて斬り裂こうとした

その瞬間、駄目押しとばかりに六射目の《銀界魔弾》が放たれた。

眩い光が絵画世界アプトミステを包み込む。

霊神人剣がレイの手から離れ、エルトフェウスの船体に突き刺さる。

レブラハルドも、バルツァロンドも、フレアドールも、エイフェも、険しい表情を隠すこと

ができなかった。

だが、健在である。

絵画世界アプトミステは損傷していない。

爆心地にいたはずのレイも瀕死(ひんし)の重傷ながら、かろうじて息がある。

五射目、六射目の《銀界魔弾(ソネイド)》は不発だった。否、爆発の途中で不発になったのだ。

いったいなぜ、その疑問が彼らの頭をよぎったであろう瞬間、歌が聞こえた。

「あれは……」

レブラハルドが呟(つぶや)く。

絵画世界アプトミステの空に、魔王列車の姿があった。その屋根に二人の少女が立っている。

吟遊世界ウィスプウェンズが元首、吟遊宗主シータとリンファであった。

§50.【起死回生】

ぐら……とレイの体が傾く。

重傷を負った彼は雲海迷宮から落下していく。力を使い果たしたか、意識が飛んでいるようだ。

その体に雪月花がまとわりつき、ふわりと浮かせた。落ちてくる彼の体をアルカナがそっと抱きかかえた。彼女はそのまま魔王列車に戻っていく。

吟遊宗主リンファが安堵しながら言った。

「よかった」

同じく吟遊宗主シータが、すっと手を差し伸べた。

「エレンたちも」

「「うん！」」

魔王列車から元気な返事とともにエレンたち魔王聖歌隊が出てくる。彼女たちは空を飛び、列車の屋根の上に乗った。

「もういっかいいくよ」

リンファの合図に合わせ、シータと魔王聖歌隊がすっと息を吸い込んだ。

張りつめたような一瞬の静寂。

次の瞬間、荘厳な歌が広がった。

音が響く。神の歌が。その歌声は遠くどこまでも響き渡り、音色に乗せられ、桃色の粒子が絵画世界を満たしていく。

やがて、それは銀泡の外にまで広がり始める。

「カーッカッカッカ！」

魔王列車の機関室にて、エールドメードが声を上げる。

腕を大きく振り上げ、彼はその場で無駄にグルグルと回転した。

「成功、成功、大成功だぁっ！　これこそ神詩ロドウェル第一四編、争いなき夢の旅路ぃぃっっっ！！！」

　跳躍した彼は、着地と同時に《遠隔透視》に映っている絡繰神をビシィッと杖で指す。

「さあ、さあさあさあ！　《銀界魔弾》を撃ってみたまえ、隠者エルミデ」

　魔力で増幅した声を外へ飛ばし、熾死王が挑発する。

　絡繰神——隠者エルミデは一瞬、魔王列車へ視線を向けた。その瞬間、眩い光の線が天地を抜けていく。

　確かに感じられたのは《銀界魔弾》の魔力。銀泡を撃ち抜く不可視の魔弾が放たれたのだ。

　されど、絵画世界に異変はない。ニヤリ、と熾死王が笑った。

「は・ず・れ・だぁ！　隠者エルミデ、オマエの放った《銀界魔弾》は、この絵画世界をすり抜けて、あさっての方向に飛んでいったぞ。おっとぉ——」

　わざとらしく熾死王はおどけ、それから言った。

「まだオマエが撃っている証拠を見つけたわけではなかったなぁ」

「耳障りな歌だ」

　吐き捨てるように言い、隠者エルミデは左腕を突き出す。

「《断罪刃弾》」

　組み付いていたレブラハルドは、奴の胸から剣を抜いて後退する。追撃の《断罪刃弾》が一閃され、彼は手にした聖剣で受け止める。

　だが、威力を殺しきれない。《断罪刃弾》に押し切られ、レブラハルドの聖剣が弾き飛ばされた。

　追い打ちとばかりにエルミデは《覇弾炎魔熾重砲》を連射する。レブラハルドは魔法障壁を展開した。そこに蒼き恒星が次々と着弾する。

爆炎が渦巻き、魔法障壁にヒビが入る。次の瞬間、魔法障壁は割れ、彼は爆発に吹き飛ばされた。

聖船エルトフェウスまで後退し、船体に足をつきようやく止まった。

エルミデは反転し、《飛行》にてまっすぐ魔王列車へ向かう。

「《覇弾炎魔熾重砲》」

蒼き恒星が乱れ撃たれる。

全速で回避行動をとった魔王列車だったが、避けきることができず、数発が着弾する。

バラバラと車両の破片が崩れ落ちていく。

「くっ!!」

フレアドールがエルミデを追いかけようと、視線を鋭くした。

魔王列車が落ちれば……神詩ロドウェルの歌い手がいなくなれば、再び絵画世界が《銀界魔弾》に撃たれる。

それを守ることが今、最優先事項だった。

「フレアドール卿、貴公は《聖覇狩道》を維持しろっ！　奴の腕と剣が戻れば、手がつけられないっ！」

バルツァロンドが声を上げる。

一番近くにいた彼が回り込んできて、魔王列車の前に立ち塞がる。迫りくるエルミデに、鋭い眼光を向けた。

「させはしな――」

弓を構えた瞬間だ。

エルミデの左手がバルツァロンドの腹を貫いていた。

「がぁっ……！」

左手を血に染めながら、見下すように奴は言う。

「弓兵が前に出ても役にはたたんよ」

バルツァロンドを一顧だにせず、エルミデは魔王列車に向かう。距離をとろうと魔王列車は全速力で飛んでいるが、速度差はあまりに大きい。

瞬く間に距離が詰められる。

と、そのとき、エルミデが減速した。なにかに後ろから引っ張られたかのようだ。

「弓兵から距離をとるなど、愚か極まりない！」

エルミデの左腕に矢に結ばれた光の紐が巻きついており、それがバルツァロンドの手につながっていた。

エルミデが離れた後に放った矢ではない。

エルミデがバルツァロンドに接近する前、奴が自分を一瞬で置き去りにすると予測し、予め放ってあったのだ。

弧を描き視界と意識の外から迫ったその矢に、エルミデは反応が遅れた。放ってあった矢は一本だけではない。続けて、三本、四本とバルツァロンドの矢が弧を描き、エルミデの五体に光の紐を巻きつけ、拘束していく。

「逃しはしな——!!」

「《断罪刃弾(ゲゼルデ)》」

瞬間、光の紐(ひも)は瞬(またた)く間(ま)に切断される。

同時に、バルツァロンドの胸には《断罪刃弾(ゲゼルデ)》が突き刺さっていた。

「が……う……」

彼の魔力が消えていき、ふらりと落下する。《飛行(フレス)》を使う力すら残っていないのだ。

「バルツァロンドッ!!」

血相を変え、レブラハルドが叫ぶ。

船体に突き刺さっていた霊神人剣を、無我夢中といった様子で彼はつかんだ。

だが、抜けない。

彼にその聖剣は抜けないのだ。バルツァロンドは意識を失っているのか、ピクリとも動かない。エルミデは容赦なく左手を振り上げた。

「滅びよ」

奴(やつ)の左手に赤き光が集い、長大な刃を構築する。

バルツァロンドは未(いま)だ動かない。意識がない状態では、反魔法を使うことすらできない。

無防備にもう一撃を食らえば、確実に根源は滅び去る。

フレアドール、エイフェの顔に陰りが見えた。

彼女らの距離からでは、もう間に合わない。レブラハルドは、ぐっと霊神人剣の柄を握りしめる。

「……私は、間違っているのかもしれない」

強く、強く、血が滲むほどに強く、彼はその聖剣に訴えかけた。

「……罪を犯したのかもしれない。それでも！」

全魔力を集中させ、レブラハルドは力尽くにでもその聖剣を抜こうとする。

「たとえ、この道が今は過ちだとしても、いつか未来につながると信じている。バルツァロンドを、我が弟を、私はここで死なせるわけにはいかないっ！」

ミリミリと聖剣が刺さった船体に亀裂が走り、蒼白の光が僅かに漏れた。

「我が正道を照らしてくれっ、エヴァンスマナッ！！！」

思い切りレブラハルドはその剣を引き抜いていく。

「う、お・お・お・お・お・おぉぉぉぉぉぉぉぉぉぉぉぉぉぉぉぉぉぉぉっ！！！」

《断罪刃弾》」

赤き斬撃が一閃され、バルツァロンドに襲いかかる。未だ意識の戻らぬ彼に、凶刃が振り下ろされたその瞬間だった。

蒼白の斬撃が、《断罪刃弾》を斬り裂いた。

まさに間一髪、霊神人剣を抜き放ったレブラハルドが、隠者エルミデの前に立ちはだかる。

落下していくバルツァロンドを、アルカナが雪月花で受け止め、魔王列車に収納した。

「貴様にここで引導を渡すことになろうとはな、聖王」

「こちらの台詞だ、隠者エルミデ」

レブラハルドの魔力が霊神人剣に伝わり、蒼白の魔力が立ち上る。隠者エルミデが身構えたそのとき、奴の死角からふっと黒い影が姿を現した。

闇を纏った全身鎧、人型学会の軍師レコルである。

レブラハルドに意識を割いていたエルミデは、ほんの一瞬反応が遅れる。その距離、その絶好の機会をレコルはずっと窺っていたのだ。

「呪々印章ガベェガ」

押印された操り人形が破壊されれば、そのダメージを強制的に術者へ返す。傀儡世界ルツェンドフォルトが主神、傀儡皇ベズの権能である。

狙いすましたようにレコルは確実に絡繰神の体を捉え、呪々印章ガベェガを押印した。

禍々しい呪いの印が、奴の全身に浮かび上がる。

「傀儡世界の人形風情が」

そう吐き捨て、エルミデは至近距離にて《覇弾炎魔熾重砲》を撃ち込む。

蒼き爆発が巻き起こった。

「貴様らに絡繰神は滅ぼせんよ」

とどめとばかりに《断罪刃弾》が振り下ろされる。

恐るべき必殺の一撃、その赤き刃をしかし、紅蓮の手がわしづかみにしていた。

ぐしゃり、とレコルは《断罪刃弾》を握りつぶした。

「……っ……!?」

隠者エルミデが後退しようとするが、それより早くレコルが紅蓮の手にて奴の頭をつかんでいた。

「貴……様は……誰――」

ドゴン、と爆ぜるように絡繰神の頭が握りつぶされた。

「とどめをさせ、聖王」

ぐらりとよろめいた絡繰神に、まっすぐレブラハルドが迫る。霊神人剣から夥しい光が溢れ出す。

「霊神人剣、秘奥が壱――」

蒼白の剣閃が無数に放たれ、絡みつくように隠者エルミデに襲いかかる。

「――《天牙刃断》!!」

絡繰神が八つに割れ、霊神人剣の力にて霧散していく。

その術式を断ち切ったか、奴の再生能力は失われ、そのまま絵画世界の空に散った。

すると、絡繰神が消滅したその場所に呪いの印が浮かび上がる。不気味な音を立てながら、術者にダメージを返す呪々印章ガベェガが発動した――

§51. 【故郷へ迫る弾丸】

魔弾世界エレネシア。火山要塞デネブ。

「ぐぅ……ぬぐぅ……」

司令室が、黒く燃え上がっている。

《涅槃七歩征服》、そして《掌握魔手》にて増幅した《極獄界滅灰燼魔砲》を、大提督ジジ・ジェーンズは両手で受け止めていた。

守りの要たるペリースと《魔弾防壁》は灰燼と化し、奴の両手は指先から徐々に灰へと変わっていく。

終末の火の威力に押され、奴の足は床を削りながらも、じりじりと後退を続ける。だが、それでも、かろうじてジジは踏みとどまっている。

刺滅の凶弾を、《極獄界滅灰燼魔砲》に撃ち込み続けているのだ。

「――《魔深根源穿孔凶弾》ッ！」

無論、奴の魔弾は終末の火に呑まれるのみだが、幾分かは相殺できる。小さな穴を穿ち、それを活路にして、どうにか回避しようとしているのだろう。

「なかなかどうして、さすがは魔弾世界の元首といったところか」

「……戦闘中に、手を休めてお喋りとは感心せんよ……アノス……」

奴の体に火が燃え移り、漆黒に炎上した。しかし、今にも滅ぼされそうになりながらも、大提督ジジは鋭い眼光でこちらを睨めつけてくる。

「ふむ。それは追撃してほしいという意味か。それとも、追撃されては困るという意味か？」

奴の深淵を覗きながら、俺はそう問うた。

追撃を誘っているのだとすれば、もう一発、《極獄界滅灰燼魔砲》を撃ち込むことで、奴には反撃の手段が生じるのだろう。だが、そう思わせておいて、追撃を封じる駆け引きやもしれぬ。

「《魔深五体囮弾（リヴェバーズ）》」

大提督の右腕が真っ青に染まる。

その瞬間であった。奴の体についた終末の火の一切が引き寄せられるように、右腕一本に集中した。

ジジは自らその右腕を左手でつかむ。

ギチギチと右腕を引きちぎり、用済みとばかりに放り投げた。

右腕に集めた終末の火が起爆したかのように、カッと黒き閃光を発した。

炎の柱が立ち上る。天井は黒く炎上し、漆黒の灰が落ちてくる。

最下層にある司令室から、上階にあるすべての部屋がぶちぬかれ、どでかい穴が空いていた。

そこからは空が見える。

右腕を失ったものの、大提督は無事だ。

「なるほど。右腕を囮にして、すべての滅びを集中させたか。面白い魔法だ」

「一瞬の判断の遅れが死を招く」

奴は左腕を突き出し、魔法陣を描く。

「貴様は追撃するべきだったのだ」

言葉と同時、魔法陣から《魔深根源穿孔凶弾（ベリアリウス）》が連射され、この身に迫った。

「なにを言っている？」

右腕を突き出せば、黒き魔力の粒子が七重の螺旋を描く。

《極獄界滅灰燼魔砲（エギル・グローネ・アングドロア）》を乱れ打ち、奴の魔弾を迎え撃った。二つの魔法砲撃が再びぶつかり、滅びの粒子が火花を散らす。

「追撃ならもうした」

俺は奴の体を指さした。そこに、不気味な呪いの印が浮かび上がっている。

呪々印章ガベェガの印が――

「ごふっ……!!」

奴の全身に走ったのは、八つの蒼白き剣閃。

それは絵画世界の絡繰神を屠ったレブラハルドの一撃、霊神人剣、秘奥が壱、《天牙刃断》。操っていた絡繰神のダメージが呪々印章により術者であるジジに逆流したのだ。

「答えは出た。お前が隠者エルミデだ、大提督」

ぼとり、とジジの左腕が落ちる。

全身に深い傷が刻まれており、どくどくと血が溢れ出していた。

霊神人剣の秘奥をまともに食らって滅びていないのは、ここが魔弾世界だからだろう。

呪々印章を介しているとはいえ、聖剣での攻撃では威力が十分に発揮できなかったのだ。

とはいえ、落ちた両腕はそうそう回復しまい。

「フ……」

正体が暴かれ、深手を負ったにもかかわらず、ジジは薄く微笑んでいる。まるでこの状況すら、予定通りだと言わんばかりに。

「では、パブロヘタラに伝えるがいい」

ジジの体に魔法陣が描かれる。

見覚えがあった。神魔射手オードゥスが使ったものと同じだ。

「大提督に呪々印章の効果はなかった、と。さもなくば――」

含みを持たせて奴は言う。

その意味は考えるまでもあるまい。

「《銀界魔弾》でミリティア世界を撃つ、か」

「神詩ロドウェルは、己が世界の防衛に使うべきだった」

大提督ジジは、この戦いを総括するように述べた。

「確かに貴様は強い。一対一で戦えば、あの第二魔王に匹敵するだろう。だが、その第二魔王ですら、最後は我々深淵総軍の前に屈した。戦争には大局というものがあるのだ。貴様個人がいかに強大でも、所詮は駒の一つ。私を取りに来た時点で、無駄駒となった」

「なるほどな。もう勝ったつもりというわけだ、大提督」

そう言ってやれば、奴は当然のように首肯した。

「左様。ミリティアの元首、貴様の優先目標は私を討つことではない。己が世界を犠牲にする意義はなかろう。《銀界魔弾》の照準がミリティア世界に向いた時点で、すべては終わっている」

大提督ジジは勝ち誇るでもなく、ただ事実を述べるように言う。

「要は貴様が正体を見せた時点で決着はついていたのだ。私の目的は、貴様に私が隠者エルミデではないと証言させることだ」

呪々印章ガベェガも想定内ということか。

確かに世界をまたいで届くガベェガの呪いは信頼性が高い。俺が大提督ジジは隠者エルミデではなかったと証言すれば、この先疑われることなく自由に行動することができよう。

だが——

「残念だったな。我が世界に《銀界魔弾》は当たらぬ」

すると、ジジは不可解そうに眉根を寄せた。

「それでは、確かめてみても構わないな？」

撃つぞ、とジジが脅す。

「存分に試せ」

と、俺は即答した。

奴の視線と俺の視線が交錯し、一瞬の静寂が訪れた。

「《涅槃七歩征服》」

一歩目を刻んだ瞬間、奴は言った。

「《銀界魔弾》」

俺は一歩目の勢いのまま地面を蹴り、跳んだ。

「《銀界魔弾》には射点も、弾道もなく、転移したかのように小世界に着弾する。世界を覆い尽くすほどの結界を作るのは無理がある。ゆえに、神詩ロドウェルのように、銀滅魔法に特化した結界でなくては防ぎようがない」

天井の穴から一気に外へ出る。《飛行》の魔法にて俺は更に上昇していく。

「そう——お前は誤認させていた。《銀界魔弾》は見えぬだけだ。神魔射手の《銀界魔弾》発動から、絵画世界への着弾時間。神詩ロドウェルが歌われたとき、微かに見えた《銀界魔弾》の射線。そして、創造神エレネシアの現在位置。それらをつなぎ合わせれば、この第一エレネシアから放たれた弾丸が銀水聖海を通っていることは明白だ」

《銀界魔弾》発射の瞬間、創造神エレネシアは第一エレネシアにいた。

彼女の権能も小世界の外にまで影響を及ぼすことはない。《銀界魔弾》の砲台も第一エレネシアにある。間違いなく弾丸はそこから放たれている。

「ならば、弾丸は必ずこのミリティア世界の方角へと撃たれている」

黒穹を抜けて、魔弾世界から脱出した。

視界には銀水聖海が映る。《涅槃七歩征服》の《飛行》にて、俺の体は銀水を切り裂いて加速していく。

魔弾よりも、遥かに速く――

夕闇に染まった《掌握魔手》の右手を伸ばし、しっかりとそれをつかんだ。

蒼と黒が混ざり合った蒼黒の弾丸が手の中で暴れ狂ったように光を放つ。周囲の銀水がその光に灼かれ、じゅうっと蒸発していく。《銀界魔弾》を強く握りしめ、俺は極限まで圧縮する。

「さて、大提督。今度は貴様の番だ。死ぬ気で受け止めよ」

ゆるりと腕を振り上げ、《銀界魔弾》を投げ返す。

「避ければ滅びるのは、魔弾世界だ」

蒼黒の弾丸が、銀水を切り裂いて、まっすぐ魔弾世界に撃ち込まれる。それは火山要塞デネヴの司令室にて、空を見上げる大提督ジジに向かって、一直線に降り注ぐ。

天地を震撼させる激しい爆発が巻き起こり、火山要塞が吹き飛んだ。

§52. 【マグマ溜まり】

火山要塞デネヴ。牢獄。

結界に覆われた鉄格子の向こう側に、イージェスがいた。

骨の魔槍がその体に突き刺さっている。

奇妙なことがあった。その槍は確かにイージェスの根源の深淵を貫いている。だというのに、彼は滅びていない。

それどころか、魔力が満ちている。彼の力の源である血を、その骨の魔槍が根源に補充しているかのようでもあった。

さながら、骨髄が血を作るが如く。

そのとき、耳を劈く爆発音が鳴り響き、結界と鉄格子、牢獄の至る所に亀裂が走った。

結界は破壊され、鉄格子は折れ曲がり、天井には穴が空いている。

静かにイージェスは目を開く。

目の前には深淵総軍一番隊隊長ギーが立っていた。

「……今の爆発、なにがあった？」

イージェスが問う。

「アノス・ヴォルディゴードが《銀界魔弾(ソネイド)》を投げ返した」

ギーは端的に回答した。

「創造神エレネシアの娘たちは、まもなくこの基地の動力部、マグマ溜(だ)まりに着く。そこに《銀界魔弾(ソネイド)》の砲台が隠されているはずだ」

「……なぜそれを余に教える？」

「自らの魔槍に聞くといい」

ギーはイージェスに刺さっている骨の魔槍を見た。

「緋髄槍(ひずいそう)ディルフィンシュテイン。貴様がかつて、いつか訪れる日のために遺(のこ)していったものだ」

不可解そうに、イージェスはギーを見返した。

「戦いが終わった後にまた会おう。死ぬなよ、一番(ジェフ)」

そう言い残し、ギーは転移していった。

「……かくも奇妙な縁があるものよ……」

すっと彼は立ち上がり、自らの体から骨の魔槍を引き抜いた。その傷は瞬く間(またたくま)に塞がっていく。

すぐさま冥王イージェスは動力部を目指して駆け出した。

◇

火山要塞デネヴ。動力部入り口。

崩落した瓦礫の山から、雪月花の光が漏れる。それは瓦礫をすべて氷の結晶に変え、ひらひらと舞い散らせる。

その奥からミーシャが立ち上がった。

「大丈夫？」

伸ばした手をサーシャがつかみ、起き上がる。

「……なんでアノスは《銀界魔弾》をここに投げ返してるのよ……当たり所が悪かったら死んでたわっ……！」

ミーシャが首をかしげ、淡々と言った。

「信頼？」

下手なところに投げれば、無関係の銀泡に《銀界魔弾》が直撃する。

その点、火山要塞デネヴにいるのは深淵総軍のみだ。なにより、大提督に受け止めさせなければ、世界自体が銀海の藻屑となろう。

「それはそうだけど、せめて投げるなら投げるって言ってくれればいいのに……」

と、サーシャがぼやく。

「とにかく、さっさと《銀界魔弾》の砲台を探さなきゃ。また投げ返されたら、たまったものじゃないわ」

そう口にして、彼女が振り向く。

そこには、ぐつぐつと煮えたぎる青いマグマ溜まりがあった。一帯は濃密な魔力が充満している。青いマグマから自然に漏れ出しているのだ。

「この基地の動力にしてるだけのことはあるわね」

魔眼を向けながら、サーシャが言う。

「氷の球」

ミーシャが雪月花を舞わせ、マグマの上に巨大な球状の氷を創る。それをドボンッと下に落とせば、瞬く間にマグマによって溶かされた。

「……うわぁ……」

青いマグマの温度に、サーシャは引き気味の表情を浮かべる。

「《銀界魔弾》の砲台って、この中よね……？」

ミーシャはこくりとうなずき、神眼を向ける。

「魔力場が乱れて、奥まで見えない」

「潜ってみるしかないってこと？　最悪だわ」

二人は宙に浮かび、マグマ溜まりの上に移動する。

サーシャの瞳に闇の日輪が浮かび、彼女はキッと下方を睨みつける。《終滅の神眼》から放たれた黒陽が青きマグマを灼く。その視線に切り裂かれるように、マグマ溜まりに道ができた。

「火成岩」

ミーシャは《源創の神眼》にて、青きマグマを固めていき、火成岩に創り換える。サーシャが作った道は塞がることなく固定された。

二人はその道をまっすぐ下降していく。

深い。下りても下りても、底は見えない。サーシャとミーシャは《終滅の神眼》と《源創の神眼》にて道を継ぎ足していきながらも、下降を続けた。

「どこにあるのかしら……？　もう通り過ぎたってことはないわよね……？」

「……砲台が近くなら撃ったときにわかるかもしれない……」

「投げ返されるってわかってて、そんなにすぐ撃つかしら？」

「大提督はわからない。でも、神魔射手は主神装塡戦を有利に進めるために、効果がなくても絵画世界に撃ち続けると思う」

火成岩の壁越しに、ミーシャは神眼にて周囲に視線を配っている。

そのとき、マグマ溜まりに巨大な魔力が迸った。ミーシャの神眼が捉えたのは、母エレネシアの魔力。疑似銀泡だ。それが一瞬にして消え去った。

彼女の読み通り、《銀界魔弾》にて撃ち出されたのだ。

「サーシャ」

ミーシャは斜め下を指さす。すかさず、サーシャは《終滅の神眼》にてそこを睨んだ。

黒陽が火成岩を突き破り、マグマを灼き尽くしていく。そして、その先にあった魔法術式を撃ち抜いた。

「……どう？」

「展開された魔法陣は破壊した」

サーシャの問いに、ミーシャが答えた。

「砲台らしきものは全然見えなかったけど？」

「姿形が砲台とは限らない」

淡々とミーシャは言う。

「じゃ、これで……」

サーシャが言いかけたその瞬間、またしてもマグマ溜まりで魔力が迸る。疑似銀泡の魔力が出現し、それが消える。再び《銀界魔弾》が発射されたのだ。

「ミーシャッ！」

「そこ」

ミーシャが真下を指さす。瞬間、サーシャが放った黒陽が視線上のすべてを灼き払った。展開された魔法陣が破壊される。

火成岩の壁に空いた穴からドクドクとマグマが流れ込んできていた。

「……ねえ、これって……？」

サーシャの疑問に、ミーシャはうなずく。

「砲台は複数ある」

そう二人が結論づけたとき、視界の内にあったマグマが流れを変えた。魔法円を描き、魔法文字を描き、そのマグマ自体が魔法陣と化したのだ。

「このっ!!」

サーシャは再び黒陽にてそれを滅ぼした。

疑似銀泡が創造される前だ。《銀界魔弾》の発射も未然に防いだ。だが、二人の表情は重い。

「……複数じゃない……」

先ほどの発言を、ミーシャは撤回した。

「このマグマ溜まりすべてが《銀界魔弾》の砲台術式」

「……それじゃ……このマグマぜんぶを消滅させないと、《銀界魔弾》は止められないってことっ？」

魔眼を見開き、サーシャは真下に視線を向ける。

火成岩の壁に空いた穴からはマグマがどんどん流入してきている。このマグマ溜まりがどこまで深いのかわからない。どこまで広いのかもわからない。少なくとも、底はまるで見えないのだ。

「サーシャ」

ミーシャが言う。

「固めたマグマ、ぜんぶ壊せる？」

「……できるけど、マグマが一気に流れ込んでくるわよ」

承知の上だとばかりに、ミーシャはうなずいた。

「氷の世界で吸い込む。《銀界魔弾》の砲台は壊せなくても、魔弾世界の外に出せば、お母さん……創造神エレネシアとのつながりが切れる。そこまでは疑似銀泡が届かない」

ミーシャの氷の世界ならば、その状況を擬似的に再現できるというわけだ。

「わかったわ！」

すぐさまサーシャは《終滅の神眼》で火成岩の壁を灼く。そのまま視線をぐるりと回していき、全方位の壁を破壊した。

空洞を埋めるように、青いマグマが二人のもとへどっと押し寄せる。

「氷の世界」

《源創の神眼》が光り輝く。小さなガラスの球体が合計六つ、二人の前後左右、そして上下に創造された。

ガラスの球体は氷の世界だ。それは押し寄せた青いマグマをみるみる内部へと吸い込んでいく。

「大きい世界」

ミーシャが両手を伸ばし、周囲に雪月花を舞わせる。その魔力に反応し、みるみる氷の世界が巨大化していく。二倍、四倍、八倍と加速度的に大きさが増し、指でつまめるほどのサイズだったガラス球は、あっという間に家ほどのサイズになった。

なおも、氷の世界は拡大していく。ガラス球の大きさが増すほど、マグマに接する面積が増し、その分だけ大量のマグマを吸収することができる。

元々、巨大な世界を内包したガラス球だ。大きくすること自体は不可能ではない。

ミーシャの権能ならば、このマグマ溜まりをすっぽり覆うほどのガラス球にすることもできるはずだ。更にガラス球が拡大するにつれ、吸引力も増し、触れていない遠くのマグマも吸い込み始めた。

無論、その分だけ消耗は大きい。

「ミーシャ、大丈夫?」

「……ん……」

僅かに苦悶の色が見て取れる。普段表情が変わらぬことを考慮すれば、相当な無理をしているのだろう。

ただでさえ氷の世界を六つ同時に創造しているのだ。それをここまで拡大するとなれば、並大抵のことではない。だが、その甲斐あってか、マグマはみるみる量を減らしている。

このままいけば、すべてを吸い尽くすのは時間の問題だろう。

「……もう……少し……」

呼吸を荒くしながらも、ミーシャは手を休めようとはしない。そのまま、更にガラス球を拡大させた。

「……サーシャッ……！」

はっとして、ミーシャが言った。

彼方から魔弾が飛来してきて、ガラス球の一つを撃ち抜いた。穴が空いたそこから、吸収した青いマグマがどっと溢れ出す。

ミーシャが穴を見つめて、《源創の神眼》にて修復していく。だが、更に三発の魔弾が発射された。

「させないわよっ！」

サーシャはキッと魔弾を睨みつけ、《終滅の神眼》にて灼き滅ぼす。すぐに彼女は、魔弾が飛んできた方向に視線を向けた。

「なに……あれ……？」

青いマグマが一カ所に集まり、形をなしていく。

ドロドロの液体だったマグマが固形化し、そして六本の大砲を持つ要塞に変貌する。

そのすべての砲口から、ガラス球めがけ巨大な魔弾が放たれた。

§53.【選択】

ミーシャが構築した六つのガラス球――氷の世界。

《銀界魔弾》の砲台たる青きマグマを吸収するその権能に、凶悪な魔弾が襲いかかる。

「このっ！」

サーシャは闇の日輪を瞳に浮かべ、黒陽にて迎撃を試みる。

放たれた六つの視線。黒き光が襲い来る六発の魔弾を飲み込む――その直前で、魔弾はかくんと弾道を変えた。

「氷の壁」

雪月花を舞わせ、ミーシャは曲がる魔弾を阻む氷の壁を無数に出現させる。

しかし、その隙間を縫うように魔弾は更に弾道を変化させながら、六つのガラス球を撃ち抜いた。

穴が空いたその場所からは、どっと青いマグマが溢れ出す。次の瞬間、マグマ溜まりに疑似銀泡の魔力が出現し、すぐに消えた。またしても《銀界魔弾》が放たれたのだ。

狙いは絵画世界アプトミステ。撃ったのは神魔射手オードゥスだ。

神詩ロドウェルが響き渡る中、その弾丸は銀泡を傷つけることは決してない。

だが、銀泡を創造しなければならない創造神エレネシアに、確実に不利を強いることができる。

「たぶん、あの要塞は《銀界魔弾(ソネイド)》の防衛術式。砲台術式を壊そうとする原因を取り除くためのもの」

ガラス球に空いた穴に雪月花にて応急処置を施しながら、ミーシャが淡々と言った。

「さすがに無防備には置いておかないわよね……」

《終滅の神眼》に魔力を溜(た)めながら、サーシャが言う。

「曲がる魔弾は防ぐのが困難」

「魔法障壁で氷の世界をぜんぶ覆ったら？」

「魔法障壁を広げれば、魔力が足りない。貫通する」

青いマグマを吸い取るために、ガラス球を巨大にしているのだ。広範囲で魔法障壁を展開するには、それだけ魔力を要する。

魔法障壁自体の頑強さは、狭い範囲のものと比べればどうしても落ちてしまうだろう。その上、全方位を魔法障壁で覆ってしまえば、今度は吸収しようとしているマグマまで防いでしまう。

魔弾が発射されたときのみ展開するならば、ますます難度は高くなる。

「それじゃ、どうすればいいの？」

サーシャが六本の大砲を持つ要塞を睨む。すぐに二射目が撃たれる気配はない。魔弾の充塡に時間がかかるのならば、止めようはある。

「魔弾は防がない」

ミーシャは言った。

「氷の世界が壊される前に、防衛術式を壊して」

弾道が変化する魔弾を防ぐのが困難なら、撃たせた後に直せばいい。

つまり、防御を捨てての撃ち合いだ。

「任せてっ‼」

サーシャがまっすぐ《銀界魔弾》の要塞へ飛んでいく。

「滅びなさいっ‼」

視線でなぎ払うように、黒陽が《銀界魔弾》の要塞に照射される。要塞は燃え上がり、ガラガラと崩れ落ちた。しかし、周囲の青いマグマが再び固まり、要塞を瞬く間に再生させてしまう。

「そんなことだろうと思ったわ！」

再びサーシャが黒陽を放つ。

同時に六本の砲台から曲がる魔弾が放たれた。

要塞は灼かれ、砲台が爆砕する。放たれた魔弾をサーシャが避けると、弾道が変化して、氷の世界を撃ち抜いた。

空けられた穴から青いマグマが溢れ出す。そのマグマは要塞の方に吸い込まれていき、サーシャが破壊した大砲が修復された。

「魔弾の破壊力が上がっている。再生が間に合わない」

ミーシャが状況を分析する。

先ほど氷の世界に空けられた穴より、今回の穴の方が大きい。雪月花にて応急処置を施してはいるものの、どちらも完全には塞がっていない。

このままでは穴は増えていく一方だ。やがて、マグマを吸収する量を空いた穴から流出する量が上回るだろう。

そうなれば、《銀界魔弾(ソネイド)》を止めることはできなくなる。

「こっちも同じことをすればいいんでしょ」

サーシャの頭上に、闇の日輪が浮かんでいる。破壊神アベルニユーの権能、《破滅の太陽》――サージエルドナーヴェだ。

「《破壊神降臨(アベルニユー)》」

破壊神の秩序がそこに満ち、闇の日輪が分割されていく。それは小さく、無数の《破滅の太陽》。闇の火輪がゆらゆらとサーシャの周囲に舞い降りてくる。

「この世界じゃ、魔弾の方が効くのよね」

サーシャは《銀界魔弾(ソネイド)》の要塞へ、静かに指先を向けた。

そこに破壊神の魔力が集中する。

「《黒火輪壊獄炎殲滅砲(サージエルド・ジオ・グレイズ)》!!」

いくつもの黒き火輪が、流星の如(ごと)く、《銀界魔弾(ソネイド)》の要塞に降り注ぐ。

分割した《破滅の太陽》を直接ぶつけるその魔法は、速度こそ黒陽に劣るものの、当てれば威力は甚大だ。その上、魔弾世界の秩序に後押しされ、黒き火輪の力は増していた。

ドゴォッ、ゴォォォ、ダガァアアッ、と《黒火輪壊獄炎殲滅砲》が直撃していく。

破壊の炎が渦を巻き、破滅をもたらす爆炎が弾けた。巨大な要塞がみるみる炎に包まれ、轟音とともに爆砕した。

青きマグマがみるみる流れ込み、要塞を修復させようとする。だが、先ほどよりも明らかに再生速度が遅かった。

破壊神の権能、その象徴ともいえる《破滅の太陽》はただ一度の破壊を行っただけで消えることはない。闇の火輪は要塞に直撃した後、炎となってそれを内側から灼き続ける。青きマグマが流れ込むそばから、それを滅ぼしている。

《銀界魔弾》防衛術式の再生力を、サーシャの破壊力が上回ったのだ。

あちらの要塞は曲がる魔弾で応射する。氷の世界に穴が空くが、それ以上に要塞の損傷は大きかった。

大砲は次々と破壊の炎に包まれ、三本にまで数を減らす。

「もう一発！」

再びサーシャの周囲に、いくつもの闇の火輪が舞い降りる。

「《黒火輪壊獄炎殲滅砲》ッッ‼」

次々と黒き火輪が発射され、《銀界魔弾》の要塞を破壊していく。互いに魔法障壁を使わない撃ち合いにおいて、魔弾世界の防衛術式をサーシャはその圧倒的火力により押さえ込んだ。

大砲は更に数を減らしていき、そして最後の一本さえも破壊の炎に巻かれた。

氷の世界への砲撃が完全に止まり、ミーシャの雪月花により穴はみるみる塞がっていく。均衡を保っていたマグマ量が急速に減少に転じた。

「これで――」

サーシャが三度、《黒火輪壊獄炎殲滅砲》を放つ。

「終わりよっ!!」

燃えさかる闇の火輪が、とどめとばかりに炎上する要塞に次々と降り注ぐ。

ドッゴオォォォォォォォォォォォォンと轟音が耳を劈く。ミーシャがはっとして、頭上を見上げていた。

氷の世界が一つ撃ち抜かれ、大量のマグマが溢れ出したのだ。

「深淵総軍五番隊隊長エイゼット・アビル」

降り注ぐマグマの向こう側から声が響く。

「同じく六番隊隊長ジェイミー・セロ」

人影が薄らと見えていた。

三人。いや、それ以上だ。

「七番隊隊長ネロ・フォース」

「八番隊隊長コルクス・ファイオン」

「九番隊隊長レゲロ・ファーミー」

「十番隊隊長ビリジア・ヒリス」

現れたのは深淵総軍、六人の隊長。そして、その部下、六〇名の魔軍族だった。

「我々は貴様たちを滅殺する戦力を有している。ただちに魔力武装を解除し、投降せよ。捕虜としての待遇を保証する」

サーシャの顔に焦燥が覗く。

戦力差は大きい。その上、二人の目的は《銀界魔弾》の砲台術式を破壊することだ。

氷の世界を守りながら、深淵総軍と戦うのは自殺行為といってもいい。

その銃口にみるみる魔力が集中する。狙いは氷の世界だ。

「無益な死か、有益な恭順か」

十番隊隊長ビリジアがそう口にすると、六〇名の魔軍族はマスケット銃を一斉に構えた。

「選べ」

ミーシャは奴らを視界に収め、じっと砲撃に備える。

サーシャは《終滅の神眼》に魔力を集中した。

返事はしない。

するまでもない。

それこそ、なにより雄弁な回答だった。

「撃て」

「――それは虫の良い選択というものよ」

その低い声と発砲が同時に重なった。

六〇名の魔軍族、奴らのマスケット銃すべてが暴発し、全員が爆炎に飲まれた。

「……!?」

「索敵」

険しい表情で隊長たちが魔眼を光らせる。

だが、見つけられない。

「どこを見ておる？」

声とともに、一人の男が姿を現した。

大きめの眼帯をつけた魔族だ。その顔はミーシャ、サーシャとて見知っているものの、それでも二人は魔眼を疑った。

魔力の多寡が明らかに別人なのである。一度、二度滅びを克服したぐらいで、辿り着く領域ではない。

冥王イージェスは手にした骨の魔槍を静かに構える。

「我らが選ぶのは、《銀界魔弾》の破壊のみよ。邪魔立てするならば、容赦はせん」

§54．【前世の力】

深淵総軍六名と冥王イージェスは対峙する。

奴らは各々構えた銃砲に、魔力を集中していく。

「槍で奴らを仕留めるのは至難の業。余が隙を作る。そなたの魔弾でとどめをさせ」

「わかったわ」

イージェスの指示に従い、サーシャは後方にて魔力を溜め始める。

「緋髄槍ディルフィンシュテイン」

骨の魔槍が緋色に輝く。

イージェスが槍を突き出せば、穂先から緋色の血が噴出した。

合計六本に枝分かれした緋色の水流は、長き槍の形状へと変わり、六名の隊長に襲いかかった。

「射程が長くとも槍は槍だ」

十番隊隊長ビリジアは右腕に魔法障壁を展開して、ディルフィンシュテインの血槍を難なく受け止めた。

他の五人の隊長も、同じようにして血槍を防ぐ。

緋髄槍がいかに強力といえど、ここは魔弾世界。槍の威力は十全には働かない。

隊長らの銃砲に展開された魔法陣に青き魔力が集中する。狙いはイージェスではなく、ミーシャが創った氷の世界だ。

「《魔深流失波濤砲》」

青き魔弾が発射されるその寸前、ふっと魔法陣の一部が欠けた。《魔深流失波濤砲》は不発。

魔弾が発射されることなく、消滅していく。

ビリジアは魔眼を光らせ、状況を解析する。

「……この槍か。全員、血の槍に近づくな。魔力が異空間に吸い込まれる！」

六本の血槍をそれぞれが弾き飛ばし、ビリジアたち隊長は、再び銃砲に魔法陣を描く。

「ぬんっ！」

冥王がディルフィンシュテインを回転させれば、六本の血槍はそれを中心として渦を巻き、散開した隊長らに刃を向ける。

やはり魔法障壁にて受け止められるが、ディルフィンシュテインの脅威は周囲の魔力を次元の彼方に飲み込み、魔法の発動を妨げることだ。

奴らが撃とうとした《魔深流失波濤砲》の魔法陣が欠け、またしても不発に終わった。

「五番、六番、七番、八番は槍を止めろ。私と九番でガラス球を撃つ」

再び血槍を弾き飛ばし、彼らは陣形を変えていく。

五番隊隊長が右翼、六番隊隊長が左翼、七、八番隊隊長が前方にて、槍を警戒し、中心に位置する九、十番隊隊長が氷の世界を撃つ構えだ。

「槍が効かぬ世界なら、防ぐ術に乏しいのが道理というものよ」

イージェスがディルフィンシュテインを勢いよく突き出す。

魔槍から伸びる六本の血槍が、本体を中心に渦を巻きながら、奴らの右翼と左翼を崩しにかかる。巨大な魔法障壁を展開し、深淵総軍は血槍を近づけぬよう、離れた位置で受け止めようとする。

「甘い」

血槍がジグザグに曲がり、展開された魔法障壁の隙間に滑り込む。迫り来るその穂先に、右翼と左翼の隊長は体を盾にするようにして突っ込んだ。

直撃しようと、槍では大した傷は負わぬとの算段だろう。

槍を体で押さえ込もうと高速で迫った二人の隊長だったが、血槍はそれ以上の速度でかくんと変化した。

目前で軌道を変えた槍を、想定内とばかりに奴らは手をのばしてつかみにかかる。

「確保完了」

五番隊隊長エイゼット、六番隊隊長ジェイミーが血槍の柄をつかんだ。

だが、

「それはこちらの台詞というもの」

その隙をつき、もう二本の血槍が奴らの体にぐるぐると巻きついていく。

「ぐうっ……！」

「ぬっ……!!」

「刺さらぬと油断したのが運の尽きよ」

隊長二名は血槍を振りほどこうとするが、しかしびくともしない。魔法を使おうにも、その血槍の近くでは魔力が次元に飲み込まれ、満足に発動することができぬ。

締めつける力は魔弾世界では弱く、そのままねじ切ることは難しいが、それは奴らとて同じこと。巻きついた血槍を破壊するには生身の体では難しく、魔弾を撃たねばならぬ。だが、その魔弾が封じられている。

残り二本の血槍はそのまままっすぐ、陣形中央にて氷の世界を狙う二人に迫った。

「想定内だ」

魔法障壁にてそれを受け止めたのが、前方に展開していた二名の隊長、ネロとコルクスである。

血槍が左翼、右翼に回り込んだときからこの状況を想定に入れ、下がり気味に布陣していたのだろう。

「「《魔深流失波濤砲》」」

二本の銃砲に夥しい魔力が集中する。氷の世界めがけて、青き魔弾が発射された。

だが直後、その二つの魔弾が骨の槍に貫かれ、大爆発を引き起こした。九番隊隊長レゲロ、十番隊隊長ビリジアはその爆炎に飲み込まれる。

イージェスの魔槍に間合いはない。緋髄槍ディィルフィンシュテインの穂先が、次元を超えて奴らの銃口を貫いたのだ。

魔槍で致命傷を与えるのは難しい。イージェスは《魔深流失波濤砲》を奴らの至近距離にて爆発させる手を狙っていたのだ。

血槍にてそれを撃たせぬように立ち回ったのも、奴らの油断を誘う策の一つ。

撃つことができれば勝てると思わせ、その実、撃った瞬間の魔弾を貫く算段だったのだ。

「槍だからと油断しすぎだよ。ここが魔弾世界でなければ、とうの昔に全員串刺しだ」

隻眼を光らせ、イージェスが言った。

「――我々は規律に則り、作戦行動を行っている」

十番隊隊長ビリジアの声が返ってくる。

ダメージはない。奴は《魔弾防壁》を展開し、至近距離にて爆発した《魔深流失波濤砲》を防いでいた。

血槍に拘束されていない残りの四人は、サーシャの闇の火輪により燃え続けていた要塞の前に着地する。

今の攻防の中、位置を移動していたのだ。

「《消火結界》」

結界が要塞を覆い、炎を鎮火していく。

更に要塞をすっぽりと覆う魔法障壁が展開された。

「《魔弾防壁》」

「……疑似銀泡」

ミーシャが言う。

要塞の前方には、目映い光を放つ球体があった。創造神エレネシアに創らせている疑似銀泡だ。

「深淵総軍隊長の権限により、《銀界魔弾》の緊急使用を申請する」

ビリジアが手を伸ばし、魔法陣を描く。

すると、要塞が変化していき、四門の大砲になった。四名の隊長は各々それを手にした。

四門の大砲それぞれに、疑似銀泡の魔力が感じられる。

「撃たせはせん」

ディルフィンシュテインの血槍が四本、奴らの足下に突き刺さり、《銀界魔弾》の術式を発動するための魔力を次元に飲み込む。

すかさず、奴らは散開した。四本の血槍はそれを追う。一人でも、魔力を吸い込む血槍の範囲外に出れば、《銀界魔弾》が発射される。

銀泡を撃ち抜く魔弾は、氷の世界など一撃で粉々にするだろう。

「敵の槍が吸い込む魔力量は無制限ではない」

ビリジアの指示で、奴らは銃砲に魔法陣を描く。《魔深流失波濤砲》だ。

《銀界魔弾》の魔力を吸い込みながら、同時にその魔法陣をも封じることはできない。

「「「「《魔深流失波濤砲》」」」」

四つの銃砲から、青き魔弾が放たれる。

「ぬるい」

一呼吸の間に、四連突き。次元を超えたディルフィンシュテインが、発射直後の青き魔弾を貫いた。

だが、爆発は起こらない。

《魔深流失波濤砲》に似せたフェイクの魔弾だ。

ビリジアは銃砲を捨て、魔槍の穂先をわしづかみにした。どれだけ次元を超えようと、その穂先とイージェスの手にしている魔槍はつながっている。そのまま、力任せに、奴はディルフインシュテインを押さえつける。

「武器を捨てて投降すれば、命は保証する」

残り三人の隊長が、《魔深流失波濤砲》の銃口を氷の世界に向けた。

イージェスは槍を手放そうとはしない。それを返答と受け取り、容赦なく青き魔弾が発射された。

「ぬるいと言うたはずだ」

槍を押さえつけようとするビリジアの力を巧みに利用し、槍術の技でもってイージェスは奴の体をよろめかせる。

瞬間、イージェスはつかまっているビリジアごと槍の穂先を次元の彼方に移動させ、放たれた青き三つの魔弾を連続で突いた。

当然、穂先をつかんでいるビリジアは《魔深流失波濤砲》に直撃することになる。奴は《魔弾防壁》を展開してそれを防ぐ。

しかし三発目の《魔深流失波濤砲》で《魔弾防壁》は割れ、爆炎がビリジアを飲み込んだ。傷はかなり深い。四発目は耐えられないだろう。他の隊長もその状況では不用意に魔弾を撃てぬ。

だが、それでもなお、ビリジアは槍を放さない――

§55.【1+1】

槍から手を放さないビリジアを見て、不可解そうにイージェスは視線を鋭くする。

「要塞だ！」

そう冥王は声を上げた。散開した隊長たちと戦っている間、《銀界魔弾》の要塞は砲塔を修復し、氷の世界に照準を向けていた。

《銀界魔弾》の弾丸、疑似銀泡はすでに装填されている。

ディルフィンシュテインにて要塞の《銀界魔弾》を止めようとすれば、その瞬間ビリジアは手を放し、自分が持っている《銀界魔弾》の大砲を撃つだろう。

血槍は先ほどの《魔深流失波濤砲》で吹き飛び、魔法陣を次元に飲み込むこともできない。

ビリジアは相打ち覚悟で、なにがなんでも《銀界魔弾》を撃つ覚悟だったのだ。

「発射……！」

ビリジアの号令とともに、要塞の砲塔から膨大な魔力が迸り、《銀界魔弾》が発射された。

目には見えない、不可視の魔弾だ。まっすぐ飛んでいるならいざ知らず、軌道が読めねばさすがのイージェスも、一突きで落とすというわけにはいかぬ。

《銀界魔弾》ならば一発で六つある氷の世界の半数は破壊する威力がある。

そうなれば、これまでに吸収したマグマが一気に溢れ出してしまう。もう一度、氷の世界を構築して吸い込み直すには時間がかかる。

最悪、《銀界魔弾》の魔法砲台を封じる前に、主神装填戦が決着することになるだろう。

「見えた……」

そう呟き、飛び出したのはミーシャである。

見えないはずの魔弾に、迷いなくミーシャは突っ込んでいき、氷の盾を多重に展開した。瞬間、その盾は砕け散っていく。《銀界魔弾》が確かにそこにあるのだ。

《銀界魔弾》の弾丸は彼女の母、創造神エレネシアが創った疑似銀泡そのものだ。

その創造の権能は、ミーシャが有するものと殆ど変わらない。

これだけの至近距離、ミーシャの神眼には母の魔力が確かに映っていたのだろう。

しかし、瞬く間に氷の盾はすべて砕け散り、世界を撃ち抜く魔弾が氷の世界へ迫る。

ミーシャは己の体を盾にし、その両手で《銀界魔弾》を包み込む。ガラス球がその魔弾を覆い、氷の世界に閉じ込める。だが、魔弾はそれを破壊しようと内側で荒れ狂った。

抑えきれぬ破壊の余波が外側に溢れ、ミーシャの体を傷つけていく。

「これが……もう……最後……」

魔力を振り絞り、根源を削る勢いで、ミーシャは《銀界魔弾》を封じ込める。

彼女が創った六つの氷の世界により、この場のマグマはほぼすべてが吸い込まれており、残りは《銀界魔弾》の要塞と化した分と、四人の隊長が手にした大砲のみだ。

それを吸収してしまえば、《銀界魔弾》の術式は働かない。

「お母さんに疑似銀泡を創らせない」

主神装填戦に挑んだ彼女の母は、オードゥスに《銀界魔弾》を使われれば、魔弾世界を守るため疑似銀泡を創らざるを得ない。

大きな魔力を消耗するため、劣勢を余儀なくされる。

主神装填戦は、彼女の母の戦いだ。

母と、その秩序を愛した彼の。

ゆえに、直接手を貸すことはできない。

できることは一つだけ。

《銀界魔弾》の砲台を必ず破壊する。

それが――会えるはずのなかった母と交わした、彼女の初めての約束だった。

「世界を弾丸にする秩序は、世界を愛する秩序より弱い」

強く、明確に、彼女はその意思を表明する。

それは珍しい、けれども確かに怒りの声だ。

「命を使い捨てにするあなたたちは……魔弾世界は間違っている」

七つ目の氷の世界、《銀界魔弾》を封じ込めるそのガラス球にミーシャはありったけの魔力を注ぎ込む。

「我々こそが常に正しい」

ビリジアが言った瞬間、目映い光がそのガラス球から溢れ出し、空間が軋む。

「命を最大効率で活用することが、最大の成果を生む。小世界の運営においても、戦闘においても。それこそ命が獲得する利益であり、我々は常に最大効率で生存している」

耳を劈く轟音が鳴り響き、七つ目の氷の世界は粉々に砕け散った。

「無限の愛をもってしても、1＋1は3にはならない」

《銀界魔弾》がミーシャに着弾し、そして大爆発を引き起こした。

しかし――

マグマを吸い込んだ六つの氷の世界は健在だ。ミーシャが体とその根源を盾にし、《銀界魔弾》の威力をすべて押さえ込んだのだ。

爆炎が収まると、そこには傷だらけのミーシャがいた。

根源すらも重傷を負っており、下手に動けば滅びかねない。

ふらり、と彼女は浮力を失い、落下していく。

「一人撃破」

冷徹な声でビリジアが言う。奴(やつ)は己の銃砲に青き魔弾を集中させる。

「槍も対策が完了した」

《魔深流失波濤砲(ベレニッツィア・ノイン)》が七番隊隊長ネロに向かって放たれた。

味方を撃つ行為にイージェスが訝(いぶか)しむ素振りを見せた次の瞬間、ネロがその魔弾に向けて《魔深流失波濤砲(ベレニッツィア・ノイン)》を放った。

二つの青き魔弾が衝突し、大爆発を引き起こす。

そして、ディルフィンシュテインの血槍が吹き飛んだ。《銀界魔弾(ソネイド)》を封じるための血槍がなくなり、ビリジアはその大砲を構えた。

「《銀界魔弾(ソネイド)》発――」

ぐじゅ、とディルフィンシュテインが、ビリジアの首を貫いた。

一瞬奴(やつ)の表情が戸惑いの色を見せる。

魔弾世界でそんなことがあるわけがないと思ったのだろう。その体に影が差していた。

不自然な影、あるはずのない剣の影が。

「おあいにくさま」

サーシャの声が響く。

瞳に浮かんでいるのは、《理滅(りめつ)の魔眼(まがん)》。

彼女の手には理滅剣ヴェヌズドノアが握られていた。その発動には時間がかかる。魔弾でとどめをさせと冥王が言ったのは、彼女が理滅剣を使うのを隠すためだ。

「魔弾世界だからって、槍が刺さらないと思ったかしら？」

魔弾世界の秩序が、次第に理滅剣によって滅ぼされ始めた。彼女の魔眼の届く範囲は最早、奴らの領域ではない。

一瞬の戸惑いを見逃さず、サーシャは地面を蹴った。

「槍は回避。まず男から確実に倒す」

首を貫かれながらも、ビリジアがそう指示を飛ばす。

三名の隊長は《銀界魔弾》の大砲をイージェスに向けた。

「緋髄槍、秘奥が壱――」

ビリジアから穂先が抜かれ、イージェスの魔槍が閃く。

彼が静かに構えをとったかに思えた次の瞬間、隊長の三名の腕が《銀界魔弾》の大砲ごと、ぼとりと落ちる。

その胸には、大きな穴が空いていた。

「――《閃牙》」

がっくりと三名の隊長が崩れ落ちる。魔槍で穿った、深い傷だ。根源にまで及んでいる。

「言うたはずだ。ここが魔弾世界でなければ、とうの昔に全員串刺しよ」

「……自爆の魔弾だ」

ビリジアが端的に命令を発する。

隊長四名の魔力が、《銀界魔弾》の要塞に集中した。《根源光滅爆》、いやそれ以上の魔力だ。この動力部一帯ごと、イージェスらを吹き飛ばすつもりだろう。

四人全員の自爆を止めなければ、《銀界魔弾》の要塞は根源爆発以上の大爆発を起こすだろう。

だが下手に攻撃を加えても、その瞬間に暴発する。

「剣は一本、自爆の魔弾は四発。4－1は？」

サーシャの理滅剣がビリジアの胸を貫く。

赤い血が、どっと溢れ出した。

「答えは0よ」

奴の自爆魔法が滅ぼされ、そして、残り三人の自爆魔法もピタリと止まった。

「……な……ぜ……？　斬られていない……魔法……ま、で………」

ビリジアが、掠れた声で、驚愕を示す。

命と引き換えに最大の成果を生む。その魔法が、その理が、滅ぼされていた。

「最大効率とか最大の成果とか、それがどれだけ正しい計算だって、滅ぼすだけよ。1＋1が3にならないなんて、わたしの魔王様が許さない」

最早、戦闘不能の隊長たちへ、彼女はそう言葉を突きつける。

「世界を愛する秩序の方が強いわ」

それはきっと、ここにいない母へ向けて。ミリティアとアベルニユー、二人の姉妹神が贈る、最大のエールであった。

§56.【深淵を撃ち抜く魔弾】

神界・大砲樹バレン。

「──《銀界魔弾》の魔法砲台が落とされたカ」

主神装塡戦の最中も、動力部での戦いに神眼を向ける余裕があったか、神魔射手オードゥスがそう言った。

「ワタシの予測通りだっただろウ。エレネシア？」

オードゥスが視線を飛ばす。その先で創造神エレネシアが両膝をつき、がっくりと頭を垂れている。

その神体はボロボロに傷つき、胸にどでかい穴が空いていた。

「キサマの娘たちが《銀界魔弾》を止めるより、主神装塡戦の決着が早イ。キサマの勝機は一つ、疑似銀泡の創造を止めるコト。すなわち、本物の銀泡を弾丸として使うことを許容すべきだったのダ」

オードゥスが《銀界魔弾》を発動させれば、エレネシアはその弾丸となる疑似銀泡を創造せざるを得ない。

そして、それを行えば彼女は確実に劣勢を強いられる。

わかっていながら、エレネシアが疑似銀泡の創造をやめることはなかった。

「……私……は……」

辿々しく声を発したエレネシアの口から、血が流れ落ちる。

「それでキサマがワタシに勝利したならバ、キサマの夢物語はこの銀海の泡となって消えル。残るのハ、魔弾世界に犠牲は必要だと悟った神。エレネシア、キサマはその口で愛を語りながら、己の判断で人を弾丸にする強い主神になっただろウ」

勝ち誇ったようにオードゥスは言った。

「少し惜しくもあル。そうなっていれバ、魔弾世界は愛ある独裁者が支配すル、素晴らしい世界になったというのニ。平時は民に愛を与え、有事はその民を弾丸にすル。極めて効率的ダ」

愛を持たない神魔射手オードゥスは、それを手に入れようとした。

他の世界から見れば、ひどく歪な形ではあるが、愛さえも奴にとっては弾丸の一つなのだろう。

なにより自らが生き残ることに、奴はまるで頓着していない。むしろ、魔弾世界が更なる深淵に至るため、エレネシアが己を打ち破り、より優れた主神になることを願った。

その言葉に嘘偽りはなく、すべてが取り替えの利く弾丸でしかない。

まさしくオードゥスは魔弾世界そのものだ。

「……私は……あなたとは……違う……」

「イイヤ、同じ考えダ。だから、キサマに鹵獲魔弾を撃っタ。キサマは己が創った世界が滅びようとするとき、その身を創造の弾丸に換えて、新たな創造神を生み出しタ。その娘が創造した銀泡が、転生世界ミリティアだ。今や、我々の世界と戦うまでになっタ」

冷たい視線が彼女を撃ち抜く。

「キサマは有益ダ。世界のために、己の身を弾丸とすることは有益なのダ。ならバ、すべての民に同じ規律を与えるのが効率的ダ。世界は更に豊かになル。我々は常に最大の成果を獲得するル」

「……間違っている」

「なにが間違っていル？　規律なき夢物語では、すべてが滅びに向かウ」

神魔射手は言う。

「キサマが愛した世界も、第二魔王ムトーの尊厳も」

エレネシアは息を呑む。その唇が震えていた。

だが、彼女の力はもう殆ど残っていない。

神魔射手は、尾を一本切り落とす。マスケット銃のような形をしたその尾銃が、エレネシアの目の前に突き刺さった。

「それハ、銀魔銃砲。根源を弾丸に換えル、ワタシの権能ダ。その弾倉には、歴代の深淵総軍隊長二〇〇人分の根源が込められていル」

エレネシアの傷は深い。そう簡単には再生せぬだろう。だが、オードゥスは彼女にとどめをさそうとはせずに、こう言った。

「撃ってみロ。オマエの創造の力で、そのすべての根源を一つの弾丸に創り換えれバ、ワタシを滅ぼすことができル」

「……わからない」

エレネシアは問う。

「オードゥス。あなたはなぜ、そんなにも死に急ぐの……？」

「同じだと言ったはずダ。キサマが慈愛を持つように、ワタシに私利私欲はなイ。世界のために撃ち出される一つの弾丸。新たな主神を装填し続けることが、この魔弾世界の規律。弾丸は――撃つべきときに撃たねばならなイ」

オードゥスは答えた。

「キサマにわかりやすく言えバ、それが世界のためダ」

彼女に突きつけられた選択肢は二つ。

一つは銀魔銃砲を手にし、オードゥスを撃つこと。

そうすれば主神装填戦に勝利し、大提督ジジを元首の座から降ろすことができる。だが、引き換えに、エレネシアは魔弾世界の住人二〇〇人分の根源を自らの意思で弾丸に変えることになる。

引き金を引けば、オードゥスは彼女が愛を持った独裁者に変わると思っているのだろう。

その予測が正しいかはわからないが、魔弾世界の住人を犠牲にすることがエレネシアの信念に背くのは確かだ。

そして、もう一つの選択肢――撃たないことを選ぶならば、彼女には主神装填戦の敗北が待っている。

「エレネシア。キサマが敗北すれば、いつか必ず、我々は保有する銀泡を《銀界魔弾(ソネイド)》で撃ち出す。今二〇〇の根源を手にかけそれを防ぐカ、それとも夢物語に殉じて、遠い未来に銀泡の生命すべてを失うカ」

鋭い言葉の弾丸が、エレネシアを撃ち抜く。

「どちらが慈愛ダ？　キサマの慈愛はワタシの有益を、間違っていると言えるカ？」

一瞬の沈黙。

それはエレネシアに生じた逡巡(しゅんじゅん)だったのやもしれぬ。

そして、同時に音が鳴り響いた。

ゴオォォ、ゴォォォ、となにかが動き出す音だ。

なにか重たいものが、山よりも海よりも巨大ななにかが、今まさに動き出そうとしている。

ぐらぐらとその神界、大砲樹バレンが揺れ始めた。

「撃つならバ、早くしロ。魔弾世界が深淵(しんえん)に到達する前ニ」

そうオードゥスは言った。

◇

魔弾世界上空。

俺が投げ返してやった《銀界魔弾(ソネイド)》によって、壊滅的なダメージを受けた火山要塞デネヴを見やる。

外観は半壊、基地の機能は完全に麻痺(まひ)し、最早(もはや)砲台一つまともには動くまい。

その反面、この魔弾世界自体は大した被害を受けていない。

防ぎきったのだ。遥(はる)か彼方(かなた)、火山要塞デネヴの最下層に、大提督ジジの姿を捉える。

奴の前には六本の筒が浮かんでいる。

《塡魔弾倉》だ。第二魔王ムトーの根源の力を宿すその権能にて、《銀界魔弾》を消し去ったのだろう。

「目的は達した」

大提督ジジが言った。

瞬間、空が青く塗り替えられていく。

否、空だけではない。

大地も海も、魔弾世界のすべてが真っ青になっていた。ゆらゆらと立ち上るのは、魔力の粒子。それが地上から上空へと流れていく。

世界が揺れていた。

違う。動いているのだ。

災淵世界イーヴェゼイノがハイフォリアに食らいついたときと同じように。

地上から上空へ流れる粒子の速度が加速していく。それはこの世界がみるみる速度を増している証明だ。

ゴォォッと、大地がめくれ上がり、それが上空へ吹き飛んでいった。

自らの速度に耐えきれぬとばかりに、大地という大地がボロボロと剝がれ、上空に舞う。

「元首アノス。貴様の部下が《銀界魔弾》の砲台を落としたようだが、我々の予定を変更するには至らない。試射を終え、すでに弾丸は放たれた後だ」

「ふむ。なるほどな」

世界に立ち上る魔力の粒子に視線を向ける。

その深淵を覗けば、確かにこれは知っている魔法だ。内側からは、こう見えるということか。

「この第一エレネシアを魔弾に変え、《銀界魔弾》を放ったわけだ」

「退却の判断を下すなら今だ。我々はこれより、深淵世界へ向かう。この魔弾世界ごと深淵世界を撃ち抜き、火露を略奪する。我々こそが深淵世界に進化するのだ」

銀水聖海の魔王以外は到達したことがないといわれる深淵世界。

オットルルーの話では深く沈みすぎたため、普段はその存在さえ知覚することができない。

九九層世界に至れば、かろうじて見えると言われている——だったな。

魔弾世界は九九層に達していなかったはず。どういう手を使ったか知らぬが、少なくとも大提督は、深淵世界の在処を知っているということだ。

「絶渦を撃つための《銀界魔弾》ではなかったのか？」

「その通りだ」

確かに、直接、絶渦を撃つと言ったわけではない。

あるいは……

「深淵世界を撃ち抜けば、弾丸となったこの世界もただではすむまい」

「一時的に八割の民が滅び、多くの火露を失う。だが、それ以上の火露を深淵世界から回収する。我々は損害を補填し、深淵世界に至る。魔弾世界の軍人に、それを悪しとするものは一人もおらんよ」

めきめきと大地が剝がれていき、ますます魔弾世界は加速する。その音がまるで銀泡の悲鳴のように聞こえた。

大提督ジジは言う。

「貴様たちは命が惜しかろう。出て行くがいい」

「そうさせてもらおう」

魔法陣を描き、砲塔を形作る。黒き粒子が渦を巻き、七重の螺旋を描く。

遥か眼下の奴を睨み、俺は言った。

「この愚かな弾丸を止めた後に、ゆっくりとな」

§57.【根源の魔弾】

轟々と唸りをあげ、終末の火が落ちていく。

遥か地上にいる大提督ジジは、目の前に魔法陣を描く。

そこから、一本の銃砲が現れた。

見覚えがある。銀魔銃砲——主神オードゥスの権能であり、奴の尾銃だ。

つまり、オードゥスの尾は元々一〇本あった。その内の一本を常に元首に預けていたということか。

あれは、根源を弾丸に変える権能だ。

「《塡魔弾倉》」

六本の筒が光り輝き、そこから無数の魔力の粒子が大提督に降り注ぐ。そして、落とされた両腕の代わりとなるように、魔力の腕と化した。

「装填」

《填魔弾倉》から膨大な魔力が溢れ出し、銀魔銃砲に弾丸を装填する。

黒い短剣の形状をした弾丸である。それは第二魔王ムトーの根源――その半分だ。すなわち、彼が武器にしていた根源刀である。

「《魔弾根源刀(ジ・ガヴロン)》」

禍々しい魔力が渦を巻き、根源刀が撃ち出された。

襲いかかる《極獄界滅灰燼魔砲(エギル・グローネ・アングドロア)》と衝突したその鋭利な魔弾は、一切を灰燼に帰す終末の火を一方的に切り裂いた。

二発、三発と俺は《極獄界滅灰燼魔砲(エギル・グローネ・アングドロア)》を撃ち込んでいくが、そのすべてを切り裂き、《魔弾根源刀(ジ・ガヴロン)》が俺の鼻先に迫る。

「《掌握魔手(レイオン)》」

夕闇に染まった右手で《魔弾根源刀(ジ・ガヴロン)》をわしづかみにする。

瞬く間に掌の中で魔力が増大していき、魔力の粒子が荒れ狂った。

根源刀が轟々と唸りを上げ、今にも刺し滅ぼさんがばかりに暴走していく。右手に魔力を集中し、それを無理矢理に押さえ込む。

これを投げ返せば、大提督ジジとて防ぐ手段はあるまい。

だが――

闘(せめ)ぎ合っていた魔力が拮抗(きっこう)を破り、黒き刃が直進した。根源刀は俺の掌(てのひら)を貫き、空に突き刺さる。

空の秩序が切り裂かれ、《銀界魔弾(ソネイド)》により青く染まった空に巨大な亀裂が走った。バラバラと砕け散った空の破片が落ちてくる。

空は消えてなくなり、俺の頭上には黒穹(こっきゅう)が見えていた。太陽は健在で、その明かりが俺とジジを照らしている。

「なるほど。これが第二魔王の力か」

数発の《極獄界滅灰燼魔砲(エギル・グローネ・アングドロア)》を切り裂き、《掌握魔手(レイオン)》をも切り裂いた。

それでいて、世界を滅ぼさぬように力の制御もできている。

確か、オットルルーの話では、深淵(しんえん)世界に行ったことがあるのは、銀水聖海の魔王のみだったな。

ムトーの根源を手に入れたからこそ、大提督はそこへ行く算段をつけたのやもしれぬ。

生半可な力では太刀打ちできぬ。だが……俯瞰(ふかん)すれば、今も大地が次々と剝がれ、上昇していくのが見える。《混滅(こんめつ)の魔眼(まがん)》を使えば、この魔弾世界はもたぬだろう。

その上——

「装塡」

六本の筒から再び膨大な魔力が溢(あふ)れ出(だ)し、大提督ジジが手にした銀魔銃砲に根源刀の弾丸を装塡する。

《塡魔弾倉》は、欠けた力を完全に補うことができる力を持つ。

あの六本の筒には、第二魔王ムトーの根源の半分が封入されている。そして、残り半分の力を補う形で、根源刀が生み出される。

それを弾丸にして撃ち出したとしても、《塡魔弾倉》の力により何度でも根源刀が装塡されるというわけか。

「愚かな。死者の根源を縛りつけ、彼が望まぬものを撃ち続けるか」

「その感傷は、非合理だ。滅びた者にはなにも残らんよ」

銀魔銃砲が火を噴き、《魔弾根源刀》が発射される。

大気を切り裂き、鋭利な弾丸が疾走した。

「いいや」

俺はまっすぐ《魔弾根源刀》に向かって降下していく。

「その魂は帰るべき者のもとへ帰さねばならぬ」

左手で二律剣を握る。

そして、傷ついた右手を再び《掌握魔手》に染めた。

高速で飛んでくる根源刀につかみかかる瞬間、俺は影に《二律影踏》の魔法陣を描く。

先ほどの再現だ。

つかんだ根源刀が暴走していき、掌で黒き粒子が荒れ狂う。だが、俺の体は押されてはいない。根源刀をつかんだまま、まっすぐ大提督ジジへ向かい、降下していく。

「魂など存在しない。滅べば無だ」

奴は動揺するでもなく、銀魔銃砲に三発目の根源刀を装塡した。そして、その銃口を俺ではなく、地面に映った俺の影へ向けた。

《二律影踏(ダグダラ)》を発動中、本体への攻撃は無効となり、影を介してのみダメージを与えられる。

いかに《魔弾根源刀(ジ・ガヴロン)》が強力であろうとも、傷つかぬ俺の体を押し返すことなどできぬ。

二律僭主との戦闘経験がある大提督はそれに勘づき、俺の影に《魔弾根源刀(ジ・ガヴロン)》を発射した。

《二律影踏(ダグダラ)》を停止せねば、影のダメージが本体に通る。

だが、《二律影踏(ダグダラ)》を停止すれば、この右手でつかんでいる根源刀が《掌握魔手(レイオン)》を撃ち抜く。

俺はわしづかみにした根源刀をいなすように、空へ弾き飛(はじきと)ばす。

瞬間、三発目の《魔弾根源刀(ジ・ガヴロン)》が大地ごと俺の影を撃ち抜いた。魔弾世界に十字の大穴が空く。大地という大地がめくれ上がり、山という山が崩れ落ち、空へと飛んでいく。

「装填」

大提督ジジは視線を緩めず、四発目の根源刀を装填する。

俺と奴(やつ)との距離は更に縮まっていた。

影は撃たれたが、ダメージは本体に返っていない。影を撃ち抜かれるぎりぎりのところで、《二律影踏(ダグダラ)》の解除が間に合っていた。

「魔弾世界で距離を詰めたところで、なにもできんよ」

「《銀界魔弾(ゾネイド)》の魔法砲台をどうやって止めたか、見ていなかったわけでもあるまい」

左手を伸ばす。

すると、影の剣が一直線に飛来した。柄を握れば、影が反転し、理滅剣ヴェヌズドノアへと変わった。

火山基地から、サーシャが投擲したのだ。

「《魔弾根源刀》」

バチバチと魔力が迸り、根源刀が発射される。

ただでさえ凄まじい速度を誇るその魔弾は距離を詰めれば詰めるほど、回避も防御も困難になる。

更にジジは銀魔銃砲を俺の影に向けた。

同じ手は食わぬということだろう。《二律影踏》と《掌握魔手》の合わせ技にて根源刀を受けようとすれば、その瞬間、影を撃ち抜かれる。

「《掌握魔手》」

魔法の発動と同時に、ジジは引き金を引く。俺の影が大地とともに爆砕した。だが、夕闇に染まったこの右手は《魔弾根源刀》を確実につかんでいた。

「魔弾だからといって、撃ち抜けると思ったか？」

理滅剣が理を滅ぼし、《魔弾根源刀》から魔弾の属性が失われた。

いかに第二魔王ムトーの力といえども、本来は根源刀。それを《填魔弾倉》の力で魔弾に変えたにすぎぬ。

ならば、その魔弾に変えている理を滅ぼすことは容易い。そして、剣であるならば、この魔弾世界では真価を発揮することはできぬ。

《掌握魔手》にて威力を増幅し、ゆるりと掌を開く。黒く輝くその根源刀の柄に、理滅剣の切っ先を当て、撃ち出すように突いた。

再び根源刀の理が破壊され、魔弾と化す。

《魔弾根源刀》が大提督ジジめがけて疾走した。それを追いかけるように、俺は高速で降下していく。

「《障壁根源刀》」

大提督ジジが魔法陣を描いた。

六本の筒から膨大な魔力が放出され、魔法障壁が構築される。直後、そこに投げ返した根源刀が直撃した。

《掌握魔手》で増幅した《魔弾根源刀》に対して、《塡魔弾倉》の魔法障壁は第二魔王ムトーの根源を丸々使っている。

魔力の粒子が飛び散り、周囲の一切をなぎ払う。ぐん、と《魔弾根源刀》が魔法障壁にめり込んだ。そこにヒビが入った瞬間、《魔弾根源刀》が粉々に砕け散った。

一閃。《障壁根源刀》の亀裂に寸分違わず理滅剣を振り下ろし、魔法障壁ごと、銀魔銃砲を持つ魔力の右腕を斬り飛ばした。

剣の間合いに着地した俺と、大提督の視線が交錯する。

理滅剣を横薙ぎに斬り払う。

大提督ジジは身を低くしてそれをかわした。真っ赤な血が首から噴き出て、大提督の首が飛ぶ。

「かわしたぐらいで、避けられると思ったか」

宙を舞うジジの首。その魔眼が、ギロリと俺を睨んだ。

「そこまで驕りはせんよ」

飛ばされたジジの首が口を開く。

首から伸びた魔法線が、ジジの体を動かした。左手が握っているのは、銀魔銃砲。もう一丁あったのだ。

そして、それに《塡魔弾倉》が装塡された。銃口が俺の顔に突きつけられる。

「私の首と、貴様の根源。交換できるならば安いものだ」

銃口に集中していく魔力は、第二魔王ムトーの根源一つ分。大提督ジジはこの局面まで護りに使っていた力の全てを、その魔弾に変えていく。

「《二律影踏》」

発射の瞬間、影に魔法陣を描く。範囲内にあるものすべてが、影を攻撃されなければ傷がつかない。

だが、この至近距離、俺と奴の影は重なり合っている。どちらか片方の影だけを撃つのは不可能だ。

ジジはその銃口を――躊躇なく重なり合った二つの影へ向けた。

銀魔銃砲が火を噴いた。

「《二刀魔弾根源斬滅砲》」

斬滅の魔弾が二つ、影もろとも魔弾世界エレネシアの大地を抉り取った。

《二律影踏》の効果により、影を撃ち抜かれたジジの体がなす術もなく消滅していく。

理滅剣によって刎ねられた首だけが、別の位置に影があったため、かろうじて原形を保っていた。しかしその首も、体と根源の大半を失っているため、ボロボロと崩れ落ちていく。

「残念だが、私も使い捨ての弾丸にすぎんよ。ミリティアの元首」

「ああ。ゆえに躊躇なく撃つと思っていたぞ、大提督」

ジジが視線を険しくする。

すとん、と残った大地の上に俺は着地した。その足下には本来あるべきものがなかった。

「影を撃たねば傷がつかぬからといって、影があると思ったか？」

理滅剣により、俺の影は消えている。

ジジの影と俺の影が重っていたため、奴はそれに気がつかなかった。気がつかずに、奴は《二刀魔弾根源斬滅砲》にて己の影だけを撃ったのだ。

ロンクルスが動かしていた二律僭主の体に影はなかった。その場合、術者は相手の影を踏んでいるときのみ、体に傷がつかない。

「……《二律影踏》を使いながら……影を自由に出し入れするなど……」

だが、たった今、俺が理滅剣でやったように、《二律影踏》の最中に影を消すというのは、二律僭主も見せたことがなかったのだろう。

それゆえ、大提督は対策できていなかった。

「まだ滅びんよ……貴様を、予定通り、私とともに……」

ジジの首が最後の魔力を振り絞り、魔法線を伸ばす。その先には銀魔銃砲と《填魔弾倉》があった。

「貴様の予定だろう。自らを撃って滅ぶのはな。一人で行け」

ジジの下に引き寄せられていく銀魔銃砲と《塡魔弾倉》をつかむ。

「大提督。これで満足か？」

腕を引いて、魔法線を引きちぎる。

「ぐぅっ……ぁ……!!」

銀魔銃砲を投げ捨て、魔法で《塡魔弾倉》を宙に浮かせる。

ジジの顔に魔法陣を描き、俺はそこに手を突っ込んだ。奴(やつ)の収納魔法陣を無理矢理こじ開けていく。

「いかなる栄華と繁栄を築こうとも、そこにあるのは使い捨てられる命だ」

俺が手を引き抜けば、そこには主神の力を発する書物があった。恐らくこれが史聖文書(しせいもんじょ)ポポロだろう。

「滅びた命にはなにも残らず、魂すらないというのならば、この世界の誰もが必ずお前と同じ運命を辿(たど)る」

ジジの顔半分が更にボロボロと滅び去った。

「お前の生はなんだったのだ？」

「……私ではない。この海がそうなのだ、元首アノス……」

ジジの顔が完全に崩れる。

その根源は確かに滅び去った。

「それではつまらぬ」

魔眼を光らせ、俺は飛び上がる。

一気に黒穹まで到達し、巨大な大樹を視界に収める。

大砲樹バレンである。

主神装塡戦の舞台であるその神界へ、俺はまっすぐ下りていく――

§58. 【非合理の弾丸】

神界に張られた結界を、《極獄界滅灰燼魔砲》で灰に変え、俺は降下していく。

大砲樹バレンが天を突く神界の空からは、その大地にて対峙する二人の神の姿が見えた。

神魔射手オードゥスと創造神エレネシアだ。

エレネシアは両膝をついている。その眼前には、銀魔銃砲が突き刺さっていた。

「主神装塡戦を止めに来たのカ？　ミリティアの元首」

俺を見上げ、オードゥスは言った。

「いいや。見物に来ただけだ」

俺は六本の筒――《塡魔弾倉》を空に浮かべる。そこから、僅かに魔力の光が漏れていた。

「魔弾世界の合理性が、儚い夢物語に撃ち抜かれる瞬間をな」

すると、なにかに気がついたように、エレネシアが顔を上げる。

彼女の神眼に《塡魔弾倉》が映った。そこから溢れる、第二魔王ムトーの魔力が輝いている。

「……ムトー……」

その光に導かれるが如く、力尽きたはずのエレネシアが立ち上がる。

そうして、空に手を伸ばした。彼女の内に宿る根源刀――第二魔王ムトーの根源から魔力の粒子が溢れ、天に昇っていく。

それは彼の半身が収められた《塡魔弾倉》へと。

「元首アノス。それは無益な感傷ダ」

無機質な声で、オードゥスは言った。

「キサマもダ、エレネシア。半分になった根源が揃えば、第二魔王ムトーが復活するとでも思っているのカ」

《塡魔弾倉》は沈黙している。外から与えられたムトーの魔力になんの反応も示していない。

「そこに残っていた彼の魂とやらが、応えてくれるとでも思っているのカ」

事実を突きつけるように、奴はエレネシアに言う。

「ありえなイ。第二魔王ムトーはすでに滅びタ。キサマの体と、《塡魔弾倉》に残っている根源は、ただの力の塊ダ。滅びし者が、キサマを救うことはなイ。あれは最早、ワタシの権能の一部ダ」

やはり、《塡魔弾倉》は沈黙したままだ。エレネシアはその光景を、ただ見上げるばかりである。

「喋ることすらできない死者にすがり、世界を見捨てるのがキサマの愛カ、エレネシア」

オードゥスは言う。

「銀魔銃砲をその手にし、撃テ。そうすれバ、第二魔王ムトーの無念は晴らせル。教えてやろウ、エレネシア」

執拗に、挑発するように、オードゥスは続ける。

「ワタシはこの《塡魔弾倉》で、第二魔王ムトーの根源を使って、いくつもの銀泡を侵略した」

ぴくり、とエレネシアの眉が上がる。

かすかに漏れたのは、彼女がこれまで見せなかった怒気であった。

「強者と戦うことしか興味のなかったあの男の力で、弱者を撃ち抜き、征服しタ。キサマはそれを許していいのカ？　死者の魂を、踏みにじるワタシを」

エレネシアの神眼が、オードゥスを睨みつける。

言葉はない。けれどもそれは明確な敵意の表れだった。

「そうダ。許せまイ。だが、キサマが撃たねバ、第二魔王ムトーの尊厳は未来永劫踏みにじられル。その弾丸で、老人を撃ッタ、子どもを撃ッタ。そして――」

オードゥスが九つの尾にて魔法陣を描く。

空に浮かんでいた《塡魔弾倉》が、奴の目の前に転移した。

その尾銃に、第二魔王ムトーの力の弾丸が装塡される。狙いはエレネシアだ。

「キサマを撃ツ。奴が根源の半分を譲り渡したキサマを……第二魔王ムトーが守ろうとしたキサマを……奴が自身が撃つのダ。他でもない己の力デ！」

一瞬の静寂。

張りつめた空気を切り裂くように、エレネシアが叫んだ。

「オードゥスッ!!」

銀魔銃砲へ、彼女の手が伸びる。

それを手にして、銃口をオードゥスへ向けた。

「世界を愛した愚かな男は、最後にその世界を撃つのダ！　エレネシア！」

オードゥスの尾銃から、凄まじい魔力が溢れ出す。

エレネシアは銀魔銃砲を強く握った。その神の瞳には、隠しようもない憎しみが滲む。

「確かに死者は喋りはせぬ」

大砲樹バレンのふもとにて、銃口を突きつけあう両者に俺は言った。

「だが、彼の魂はここにある。今際の際に、彼が遺した遺志がその力に宿っている」

「ならバ、その遺志で我が魔弾を止めてみせるカ？」

「第二魔王は自らの望みを叶えることができたにもかかわらず、なぜこの結末を迎えたのか」

わからない、とエレネシアは言った。

人の想いなど、直接耳にしたとてわからぬことばかりだ。

だが、

「少なくとも一つだけ確かなことがある。彼が真に銀水聖海の強者ならば、エレネシア、お前が第二魔王ムトーの強さを信じるならば、今この瞬間さえも彼の望み通りということだ」

「敗者になることを望んだ愚者だということには同意しようウ！　なあ、エレネシアッ！」

オードゥスとエレネシアの視線が交錯する。

「……違う」

彼女は言った。

力強く、確信に満ちた瞳で。

「彼は、まだ……戦っている……！」

銃口が火を噴いた。

放たれた魔弾は一つ。

それは唸りをあげて直進し、エレネシアの胸を貫き、その根源を撃った。

彼女の手から、銀魔銃砲がこぼれ落ちる。

それは一つの秩序の終わり──創造神の体が崩壊を始めるように、光の粒となって消えていく。

「愚かナ。死者に泣いてすがったところで、奇跡は決して起こらなイ。滅びし者が、キサマを救うことなどないのダ」

ほんの僅か、落胆したようにオードゥスが言う。

致命的な魔弾を根源に撃ち込まれたエレネシアは、しかし、前を見つめたまま、微笑んでいた。

「……ムトー……」

彼女は、ゆっくりと自らの胸に手を当てる。

「あなたは私に希望をくれた。希望しか、くれなかった」

静かにエレネシアが語りかける。

「私の敵をあなたは倒すことができたはずだった。生き延びることができたはずだった。あなたが欲しかったのは、なに？　一〇〇年に一度、私に会う約束？　そうじゃないと私は思う。あなたがそんな小さな勝利で満足するとは思えない」

　その右手に亀裂が入る。

　エレネシアの魔力が、刻一刻と希薄になっていく。

「あなたは世界の秩序を愛したと言った。私に愛を抱いた、と。見返りなく、世界を愛する阿呆(あほう)な男が一人ぐらいいたっていいじゃないか、と言った」

　淡々と、けれどもどこかなじるように、彼女はそう言葉を紡(つむ)ぐ。

「嘘(うそ)ばっかり」

　エレネシアは僅かに、眉をひそめる。

「あなたは、私に戦いを挑んできた。その大きな愛で、世界の秩序を変えようとした。私の心を変えたかった。私を……」

　神界にエレネシアの声が響き渡る。

「独り占めしたかった」

　死者はそれに答えることはない。

「でも、私の勝ち」

　愛に勝ち負けはない、とエレネシアは思っているだろう。

　だから、彼女はあえてそう言ったのだ。彼の流儀に、敬意を表し――

「私は、今も変わらず、世界の秩序。私はこの世界のすべての人々を、ただ平等に愛し続ける。

この銀海のすべての人々の幸せと安寧を願い続ける。最期の瞬間まで」

その手にぐっと力が入る。

エレネシアの胸に爪が食い込む。

「だから、ムトー」

彼女は言った。

「私を守りなさい」

彼女は死者に命令する。

「世界のために尽くしなさい」

答えるはずのない、その力の塊に。

「世界のためだけに戦いなさい」

強く、強く、なによりも強く彼女の魂が訴える。

「私はあなたを、あなただけは……幸せも、安寧も、願ってあげない。あなたが私を、私だけを見ていてくれるなら……私は世界の秩序として、あなたを……」

滅びゆくエレネシアの瞳から、一粒の雫がこぼれ落ちる。

「愛してあげられるから」

涙が大地に落ち、そして光となって消えた。

静寂がその場を覆いつくす。

「理解に遠イ。感傷的な遺言ダ」

オードゥスの尾銃に魔力が集中する。

「――誓約に従い、滅びと引き換えに新たな創造神を創るといイ、エレネシア」

銃口が火を噴き、巨大な魔弾がエレネシアを飲み込んだ――

そのときであった。

途方もない魔力が溢れかえり、黒き一閃が振り下ろされた。

オードゥスが神眼を見開く。魔弾は真っ二つに割れ、エレネシアを外れていった。

「神魔射手オードゥスなら、オレの力だけは滅ぼさず、利用すると思った」

声が聞こえた。

死者の声が。

もう二度と、決して聞くはずのなかった声が。

「だから、根源に魔法を仕掛けたんだよ」

《塡魔弾倉》から魔力が溢れ出す。

エレネシアが持つ第二魔王ムトーの根源に、それは共鳴するかのように、強力な魔力が怒涛のように押し寄せ、《塡魔弾倉》の蓋を弾き飛ばした。

ゆらり、と陽炎が立ち上る。

エレネシアの神眼に映ったのは、第二魔王ムトーの姿だった。

「君の害意に反応する魔法を。オレを傷つけても、オレを欲しいというその害意に、応える力を遺した」

「……ムトー、私は……」

「これで、君のエゴはオレのものだ。君の戦いは、オレの戦いだ」

噛み合わない会話は、それが死者の言葉だからだ。

第二魔王ムトーは、すでに滅びている。それは今際の際に、彼が自らの根源に仕掛けておいた魔法にすぎない。

エレネシアのエゴに、その命令にのみ従うように。

「負けることは許されない」

第二魔王ムトーの力が、一つに戻っていく。

《塡魔弾倉》から溢れ出したその根源が、エレネシアの中にある半身とつながり、彼が有していた本来の力を取り戻す。

その桁違いの魔力が、限りなく滅びに近づいたエレネシアを強制的に引き戻す。

崩壊しかけた彼女の体が、滅びを克服し、光とともに再生を果たした。

「なんの意味があル？」

オードゥスの手には、エレネシアに撃たせようとした銀魔銃砲が握られていた。

「滅びた後に、愛の合意を得られる魔法に、なんの価値があル。第二魔王ムトーはそれを知ることすらなく、消滅しタ。エレネシア、キサマはその愛をあの男に伝えられなかっただろウ」

「いいえ」

エレネシアはそっと自らの胸に触れる。

その深淵に、彼女の根源と彼の根源が確かに結びついている。

「彼の魂はここにある。私のエゴも、私の愛も、彼にはちゃんと届いている」

「錯覚ダ。死者に言葉は届かなイ」

「そう思うのは、あなたが使い捨ての弾丸だから」

エレネシアは言う。

自らに宿した根源に、突き動かされるように。

「どれだけの滅びがもたらされようと、この海から想いは消えない。私はそう信じている」

「信じル？」

銀魔銃砲に魔力が集中する。

その弾丸は、かつての深淵総軍隊長二〇〇人分の根源だ。

「それは、神の所業ではなイ」

耳を劈く轟音が鳴り響く。

根源を凝縮した弾丸が螺旋を描きながら、エレネシアに撃ち放たれた。

されど、彼女は動じることなく、ただ手のひらをかざす。

現れたのは黒き短剣、根源刀だ。

それが光輝いたかと思えば、ガラスが割れるように砕け散る。エレネシアの前面に、無数に舞い散るのは黒い雪月花だった。

迫りくる銀魔銃砲の弾丸を黒銀の光が包み込み、そして一瞬にして創り変えた。

その弾丸を、二〇〇人分の根源へ戻したのだ。

「ワタシが読み違えていタ」

大きく飛び退き、オードゥスが尾銃に魔弾を装填する。

魔力の光が銃口に集った。

「キサマの愛は不合――……!!」

魔弾の一斉掃射を行おうとしたその瞬間、オードゥスの体に弾丸が撃ち込まれていた。

それはエレネシアが元に戻した二〇〇の根源。

オードゥスが使い捨てようとしたそのすべての弾丸が、奴の全身に穴を空けていた。

「……なぜ……ワタシを撃ツ……?」

「わからないの、オードゥス。それが魔弾世界の民たちの答え。世界に忠誠を尽くし、自らを弾丸としてきた深淵総軍の隊長たちも、最期は人に戻りたい」

エレネシアが手をかざせば、黒い雪月花が魔法陣を描く。

「いつか、誰もが滅びゆく。けれども、この海のどこかにその想いは残ると信じたい。みんな、みんな、誰だって――」

魔法陣から黒銀の光が神魔射手オードゥスに降り注ぐ。

「合理的なだけの弾丸にはなりたくない」

重傷を負ったその体では、第二魔王ムトーの根源にて魔力を上乗せされた雪月花に抵抗する術はなく、根源もろとも凍結した。

§59. 【夜の空に浮かぶ】

決着がついた後、俺はゆっくりと降下し、エレネシアのもとへ降り立った。

彼女は静かにこちらを振り向く。

そうして、優しく微笑んだ。

やはりミーシャとサーシャによく似ている。

「……こうして、あなたに会える日を楽しみにしていた。魔王アノス。ミリティアの世界を守ってくれてありがとう」

「なに、俺一人で守ったわけではない」

そう俺は答えた。

「《銀界魔弾》は止められるか？」

大提督ジジ、神魔射手オードゥスは倒した。だが、依然としてこの第一エレネシアは魔弾となったまま、深淵世界を目指して飛んでいる。

「大丈夫。ムトーが私に力を貸してくれるから」

エレネシアがすっと手を伸ばす。

黒銀の雪月花がそこに出現する。青い光がちらついた。《銀界魔弾》の魔力だ。魔弾世界すべてを覆っていたその青い粒子が、雪月花に集まり、吸収されていく。

雪月花が大きくなっていく毎に、そこに集まる青い粒子もまた膨大になっていく。
ゴ、ゴゴゴ、ゴゴゴゴゴ、と再び魔弾世界が揺れ始めた。
《銀界魔弾》が解除され、銀泡が減速しているのだろう。崩壊の一途を辿っていた大地も、それ以上剝がれ落ちることはなくなった。この分ならば、心配はあるまい。

「一つ頼みがあるのだが」

俺は宙に浮いている六本の筒――《塡魔弾倉》を指さす。

「それを譲ってもらえるか？　協力してくれた者が欲しがっていてな」

そう口にすると、エレネシアは指先から魔力を発する。

「魔弾世界は大きな罪を犯した。これ一つで償い切れることではないけれど、友好の証(あかし)に受け取ってほしい」

《塡魔弾倉》が手元に飛んでくる。

「主神装塡戦(しゅしんそうてんせん)を挑む神は、主神を滅ぼさなければ勝利にはならない」

エレネシアが言う。

「滅ぼさず、凍結にとどめた理由があるということか？」

「ムトーのすべての力を使える今なら、できることがあると思ったから」

彼女は僅かに目を伏せ、悲しげに言った。

「魔弾世界は多くの銀泡を奪ってしまった。失われた主神を元に戻すことはできない。それでも、彼らにとって、この世界が、もっと生きやすくなることを私は願う」

静謐(せいひつ)な声でエレネシアは告げる。

「あなたが生きる世界のように」

彼女がしようとしていることは大凡(おおよそ)わかった。

ゆえに俺は、笑みを返す。

「娘の力を借りるといい」

そう言って、俺は《塡魔弾倉》を手にした。

仮面をつけ、二律僭主に紛する。そのまま飛び上がり、神界を後にした。黒穹を抜け、降下を続けると、火山基地デネヴが見えてくる。

激しい戦闘の末、最早ボロボロになり果てている。かろうじて残っているその火口に、ボイジャーたちの姿を捉えた。

彼は俺に気がつき、こちらを向いた。

「……僭主……！　大提督は――」

魔法陣を描き、史聖文書ポポロを取り出す。それに気がついたか、ボイジャーは言葉を失い、息を呑んだ。

彼の仲間たちもまた、悼むような面持ちでただこちらに視線を注ぐばかりだ。

俺は火口に着地し、ボイジャーと向き合った。

そうして、史聖文書を彼に差し出した。

「大提督は滅ぼした」

ボイジャーは丁重に史聖文書を受け取った。

彼はそれを胸に抱き、うっすらと涙を滲ませる。

「……ありがとう……我ら文人族を代表して、心より感謝を表する」

ボイジャーがその場に跪く。

彼らの仲間もまた俺に感謝の意を示すように、そこに膝を折った。

皆、涙を滲ませている。

だが、それを決してこぼしてはならないと必死にこらえていた。

「これで、恐れるものはなにもない。オードゥスが我々を滅ぼしに来ようとも、我々は文人族として、最後の一兵となるまで戦い抜き、胸を張って聖書神様に会いに行ける」

我らはすでに敗北している、とボイジャーは言った。

最早、先などないのだ、と。

彼らはすでに聖書神を失った。古書世界は存在せず、彼らの子孫は彼らの誇りである古書を読むことができない。

それでも、その本だけは——魂だけは持っていきたかったのだ。

おぞましく、無残なその敗北に、せめて一つ、気高き誇りを貫きたかった。

それだけが、彼らに残された悲しい希望だったのだ。

だが——

「神魔射手オードゥスは創造神に敗れたぞ」

俺の言葉に、ボイジャーが目を丸くする。

「主神という弾丸が変わることさえ魔弾世界にとっては……」

「エレネシアはかつて、我が世界ミリティアの創造神だった」

俺はそう言い、空を見上げた。

ボイジャーたちも、その視線を追う。

そこに浮かんでいるのは創造神エレネシア。白銀の光を放つ彼女に向かって飛んでいく二つの影があった。

ミーシャとサーシャだ。

傷が深いか、ミーシャは姉の肩を借りている。

エレネシアは二人に声をかけた。

「ミリティア。アベルニユー。あなたたちの力を貸してほしい。銀城世界バランディアスと同じように、この魔弾世界を」

「……ミーシャ」

《銀界魔弾(ソネイド)》の直撃を受けた妹を案じるように、サーシャが振り向く。

彼女はこくりとうなずいた。

「……大丈夫。神魔射手を」

ミーシャがそう口にすると、エレネシアは魔法陣を描いた。そこに出現したのは黒銀の氷に閉じ込められた神魔射手オードゥスである。

「……魔力、足りるかしら？　第二魔王ムトーの根源はあるけど、魔弾世界は保有する銀泡も多いでしょ」

サーシャが言った。

「大砲樹バレンを魔力に変える。これはこの世界のすべてが使い捨ての弾丸である象徴だから」

エレネシアの言葉を受け、ミーシャとサーシャは顔を見合わせた。

そうして、それぞれの権能を使う。

「《創造神顕現(ミリティア)》」

「《破壊神降臨(アベルニユー)》」

魔弾世界の大空に出現したのは、《創造の月》と《破滅の太陽》。その二つが重なっていき、皆既月蝕が発生する。

やがて、赤銀の月明かりが大地を照らし出す。《源創の月蝕》である。

「お母さん」

ミーシャが合図を出すと、エレネシアは手をかざす。雪月花が舞い散り、静謐な光が大空に満ちた。

《源創の月蝕》の隣にもう一つ、《創造の月》が現れる。それが《源創の月蝕》に寄り添うように、静かに重なった。

黒銀の光は神界に降り注ぎ、大砲樹バレンを魔力の粒子へと創り変えていく。

静かにミーシャが言った。

「──三面世界《創世天球》」

創造神ミリティアの権能が発動し、それと同時に神界から溢れ出した大砲樹バレンの魔力が、魔弾世界全体へ広がっていく。

「この世界に生きる、すべての人々へ」

《源創の月蝕》と《創造の月》を背に、エレネシアは言った。

「私は創造神エレネシア。主神装塡戦にて私は神魔射手オードゥスをやぶった」

静謐な声は《思念通信》により、世界の隅々にまで届けられる。

「だけど、私は規律を守らない。この世界に主神はいらない。主神の定める規律はいらない。この世界は、この世界を生きるあなたたちのものだから」

遥か地上、その言葉にボイジャーが息を呑む。

「これからオードゥスが奪った銀泡を、魔弾世界の秩序から解放する」

ミーシャが伸ばした手に、エレネシアがそっと手を重ね、つないだ。

二人は声をそろえて、創造神たる権能を発揮する。

「「《優しい世界はここから始まる》」」

魔弾世界エレネシアが赤銀に染まった。

凍結されていた神魔射手オードゥスが光に包まれ、それは一本の青い銃砲と化した。

少しずつ、しかし確かに、世界は優しく創り変えられていく。

創造神エレネシアは手を組み、祈りを捧げる。

どうか、温かく、優しい世界が生まれるように、と。彼女の真摯な願いが、その姿から伝わってくる。

かつて、ミリティアの前身となる銀泡を創ったときも、きっとそうだったのだろう。

神でありながら、祈りを捧げるべき相手などいないと知りながら、それでも彼女は祈らずにはいられない。

静かに、そしてゆっくりと《優しい世界はここから始まる》の光が収まっていく。

《源創の月蝕》が消えて、そしてエレネシアの《創造の月》も消えたとき――魔弾世界エレネシアの空には、黒銀に光る球体が浮かんでいた。

「なにに見える？」

静謐な声で、エレネシアは問いかけた。

この世界の生きとし生ける者へ。

「魔弾？　それとも満月？」

空に浮かぶそれは、冷たい魔弾のようでもあり、優しい満月のようでもあった。

「争いは悪しきことであり、愚かなこと。言葉を持ちながら、なぜ人々は戦うのか。私はずっとそう思っていた」

エレネシアは言う。

己の過ちを悔いるように。

「けれども、私はこの広い海を渡り、巡り合った。戦うことでしか、自身を表明できない人に。彼にとって、戦うことこそ対話なのだとすれば、その逆もまた然り。理性と優しさをもって、武力を忌み嫌い、対話を迫る私が、彼にはもしかしたら暴力のように感じられたのかもしれない」

一旦言葉を切り、僅かに彼女はうつむく。

それから言った。

「私の言葉が、彼の胸を弾丸のように撃ち抜いたことがあったかもしれない……」

それはもう確かめようがないことで、その表情には後悔の色が滲んだ。

「言葉さえ魔弾に変わってしまうのなら……愛と優しさにさえ傷つく人がいるのなら……私は決して誰かを救うことなどできないと思った。けれども……」

火山基地デネヴから、軍魔族たちが次々と浮かび上がってくる。

彼らに戦闘の意思はなく、ただ空に浮かぶ黒銀の球体とエレネシアを眺めていた。

「けれども、主神装填戦で最後に私の心を優しく照らしてくれたのは、遠い過去に、その彼が遺してくれた、一発の、戦うための弾丸だった」

力強く彼女は言う。

「私はこの魔弾世界に生きるすべての人々が、使い捨ての弾丸などであってはならないと思っている。けれども、どうか忘れないでほしい。私たちは常に弾丸を持っている。たとえ、銃砲を手にしていなくとも、私たちのすべてが弾丸になり得るでしょう」

気がつけば、多くの軍魔族が空を見上げていた。

火山基地デネヴだけではなく、都市や村落など、様々な場所で、彼らは耳をすましている。

規律に従っていた魔弾世界が、今まさに変わろうとしていることに、気がついたのだろう。

「そして、その弾丸は敵を撃ち抜くだけではなく、誰かを優しく照らすことができる」

空に浮かぶ黒銀の球体がよりいっそう輝きを増し、地上に暖かな光をもたらす。

「これは生まれ変わった魔弾世界の象徴。《創月の魔弾》。夜の空を見たら、ほんの少しだけ考えてほしい。あなたの手にあるのは魔弾？　それとも満月？　どちらが優れているわけではない」

エレネシアは告げる。

「今、その人にとってどちらが優しいの？」

彼女は優しく微笑み、そして慈愛をもって彼らを見つめた。

月のように優しく、

魔弾のように優しく、

彼女は言った。

「どうか考えて。私はいつでも、いつまでもこの世界を見守り続け、一緒に考えるから」

§60.【返したいもの】

数日後――

第四ハイフォリア。

その黒穹（こっきゅう）から巨大な浮遊大陸がゆっくりと下りてくる。浮遊大陸には巨大な宮殿があり、その周囲には街らしきものが形成されている。

銀水学院パブロヘタラである。

先の一件で、魔弾世界エレネシアはいくつもの学院条約に違反した。

そのため、序列二位であった聖剣世界ハイフォリアが序列一位に繰り上げとなり、パブロヘタラをそこへ移動させることになったのだ。

パブロヘタラの聖上大法廷には、聖上六学院の元首たちが集まっている。魔弾世界の処罰を決める六学院法廷会議が行われていた。

「――魔弾世界は銀滅魔法《銀界魔弾（ソネイド）》を開発し、その魔弾を用いて学院同盟に所属している絵画世界アプトミステ、転生世界ミリティアを砲撃しました。また隠者エルミデを名乗り、絡繰神を用いて、絵画世界の神画モルナドの奪取を試み、駆けつけたパブロヘタラの各学院に多大なる被害をもたらしました」

聖上大法廷の真ん中に立ち、いつもの如くオットルルーが事務的に述べる。

「しかし、主神であった神魔射手オードゥスはすでに滅びました。魔弾世界に新たな主神は誕生しておらず、その席は空位のまま。よって、主神装塡戦の勝者である創造神エレネシアをここに招致しました」

オットルルーの視線の先には、創造神エレネシアがいる。

彼女は静謐な佇まいで、まっすぐ前だけを見ていた。

「パブロヘタラ学院条約第一条、銀水聖海に嵐を起こした小世界は主神を滅ぼし、その火露のすべてをパブロヘタラのものとする。聖上六学院にて異義が出なければ、これを実行する」

つまり、火露だけを奪い、魔弾世界は滅ぼすということだ。

「まあ、あれだけやらかしちゃ、そうでもしなきゃ収まらないだろうね」

鍛冶世界バーディルーアの元首ベラミーが言った。

「ハイフォリアも異論はない」

聖剣世界ハイフォリア元首、レブラハルドがそれに続く。

「傀儡皇は同意するとのことだ」

傀儡世界ルツェンドフォルトの元首代理、軍師レコルがそう伝えた。

六学院法廷会議といっても、災淵世界イーヴェゼイノは抜けたばかり、裁かれるのが魔弾世界のため、四学院で執り行われている。

つまり、転生世界ミリティア以外のすべてが魔弾世界の滅亡に賛成という立場となった。

「反対だ」

俺がそう口にすると、ベラミーが呆れたようにため息をついた。

「あんたはいつもそうだねぇ、アノス。一歩間違えれば、ミリティアに《銀界魔弾》が撃ち込まれてたってのに」

「かつての魔弾世界を支配していた神魔射手オードゥスと大提督ジジは滅び、《銀界魔弾》も破壊した。これ以上、敗者からなにを奪うつもりだ？」

するとレブラハルドが言った。

「深淵総軍は解体されてはいないよ。彼らは皆、大提督ジジの信念に賛同していた者たちだ。銀滅魔法の芽は摘んでおく必要がある」

「だから火露を奪い、魔弾世界を滅ぼすのか。それではこのパブロヘタラも《銀界魔弾》となにも変わらぬ」

俺の言葉に、ベラミーが反論した。

「だいぶ違うと思うんだけどねぇ。少なくとも、パブロヘタラはこっちから仕掛けようなんて気はないさ」

「銀滅魔法の芽を摘めばさぞ安心だろう。だが、その芽は違う花を咲かせるやもしれぬ」

ベラミーが頭を振る。

「言ってることはわかるけどねぇ。あたしが危惧しているのは、危険すぎやしないかってことさ」

「真に危険ならばよい。だが、お前たちがやろうとしているのは、危険かもしれぬから滅ぼすということだ」

　そう指摘してやると、ベラミーは静かに目を閉じる。

　彼女とて、わかってはいるのだろう。

「それが無実の者であったなら、彼らはパブロヘタラを許さぬだろう。魔弾世界に支配されていた古書世界ゼオルムの者たちのようにな」

「恨まれる覚悟は、元首になったときからできてるさ。アノス、誰もがあんたと同じじゃないよ。あれも欲しい、これも欲しいったって手に入らない。どっちがマシかってんで妥協してんのさ」

「よい。ならば、妥協せよ」

　俺は言った。

「魔弾世界の火露を奪うというのなら、魔王学院が相手になる。この銀水聖海に、《銀界魔弾(ソネイド)》よりも恐ろしいものがあるとお前たちに教えてやろう」

　静寂がその場に立ちこめた。

　大提督ジジを討ったのも、《銀界魔弾(ソネイド)》の魔法砲台を破壊したのも、転生世界ミリティア、俺が率いる魔王学院だ。

「元首アノス。それはパブロヘタラの学院条約に違反します」

　そうオットルルーが告げる。

「その学院条約が間違っていると言っている。パブロヘタラの理念は銀海の凪(なぎ)であろう。無実の者たちを、なにをするかわからぬという理由だけで滅ぼすのは、この海に波風を立てているも同然だ。口先だけの理念ならば、俺がここにいる理由などない」

「そなたの主張ももっともだ」

　レブラハルドが言う。

「されど、《銀界魔弾（ソネイド）》と絵画世界が受けた壊滅的な被害は、近日中にもパブロヘタラに所属するすべての小世界が知ることになる。その脅威を捨て置くことはできないが、考えがあるということだろうか？」

「吟遊世界ウィスプウェンズ。二人の吟遊宗主が歌った神詩ロドウェルには、《銀界魔弾（ソネイド）》を防ぐ力がある。お前たちも実際に見ただろう」

　レブラハルドの質問を受け、俺は説明した。

「この歌を学べば、他の世界の住人でも《銀界魔弾（ソネイド）》に対してある程度の防御になるやもしれぬ」

「確かか？」

　レコルが問う。

「我が世界に聖歌隊がいるのだが、神詩ロドウェルを覚えたところ、吟遊宗主には劣るが、それに類する効果を見せたそうだ。神詩ロドウェルは歌という形の主神。奇妙だが、歌えばそこに現れるという権能なのやもしれぬ」

「いいじゃないか。銀滅魔法に対抗できるんなら、お歌の練習もやぶさかじゃあないよ」

　ベラミーがそう言って、肩をすくめた。

「魔弾世界の火露を奪わぬと誓約するなら、吟遊世界ウィスプウェンズをパブロヘタラへ加盟させよう」

レブラハルドとベラミーは考え込むように沈黙した。

先に口を開いたのはレコルである。

「吟遊世界ウィスプウェンズは永く他の世界との交流を持たなかった。吟遊宗主は歌での交流を重んじるという。だが、傀儡世界の秩序は歌唱に適さない」

彼はそう前置きして、他の元首二名に言った。

「魔弾世界以外が銀滅魔法を開発することも考えられる。学院条約はあれど、ここはウィスプウェンズと縁を結んだ元首アノスを立ててもいいだろう」

一瞬考えた後、レブラハルドが言った。

「他の世界の住人が神詩ロドウェルを歌ったときの効果次第、ということなら処分は見送ろう」

「魔弾世界の扱いはどうするんだい？」

ベラミーが問うと、それにはオットルルーが答えた。

「処罰を緩めるということでしたら、魔弾世界を聖上六学院から除名。パブロヘタラの者を魔弾世界へ派遣し、監視を行うのが適切となります」

「それで構わぬか？」

法廷会議をじっと聞いていた創造神エレネシアに俺は問うた。

「パブロヘタラの寛大な処置に感謝を。魔弾世界は必ず、この恩に報います」

彼女は静謐な声でそう答える。

「それでは採決を行います。《銀界魔弾(ソネイド)》発射に伴う一連の件について、パブロヘタラ学院条約第一条を魔弾世界エレネシアに適用することに反対の者は挙手をお願いします」

オットルルーが言う。

俺とレブラハルド、ベラミー、レコル、四人全員が手を挙げる。

「反対者四名。全会一致につき、本案を否決しました。続いて、本件について魔弾世界エレネシアの処罰を聖上六学院からの除名と監視措置とする。賛成のものは挙手をお願いします」

再び四人全員が手を挙げる。

「賛成者四名。全会一致につき、本案を可決しました。法廷会議を終了します」

オットルルーが事務的に言った。

法廷会議が終わると、レブラハルドたちは転移の魔法陣を使い、それぞれ転移していった。

「魔王アノス」

エレネシアが俺に声をかけてくる。

「ありがとう」

「猶予を得たにすぎぬ。大提督ジジ、神魔射手オードゥスの遺志を継ぐ者が多くいれば、魔弾世界は自滅の道を辿(たど)ることになろう」

彼女はうなずき、そして言った。

「使い捨ての弾丸という価値観を植え付けられた魔軍族を変えるのは、簡単なことではない。けれど、彼らの中にも愛がある」

慈愛に満ちた顔でエレネシアはそう告げる。

「自らが使い捨てられる命だと思ってしまえば、他者の命も軽くなるでしょう。そうではないことを伝え、そうならない世界をともに作っていきたい」

魔弾世界を変えるのは並大抵のことではないだろう。主神になるのならばともかく、彼女はそれを拒否したのだ。

良き神が世界に君臨するのならば、独裁とて利が勝るだろう。

だが、創造神エレネシアはそれを正義とはしなかった。ともに考えることを選んだのだ。たとえその結果、間違った道を進むことになろうとも。

「最大の成果、最大の効率を求めるのはよいこと。けれども、輪廻する命にも、いつかきっと最期の瞬間がやってくる。どれだけ効率良く生きようと、その無限の闇には立ち向かえない。効率の良い人生だった、と笑って逝くことは難しい」

エレネシアは言う。

「愛と呼べるものでなくともいい。私はその最期の瞬間に立ち向かえるだけの想いを、彼らに見つけてほしいと思う」

「きっと、見つかるだろう」

虚を衝かれたか、不思議そうに彼女は俺を見返した。

「なぜ？」

「創り直されたあの世界には、お前の祈りがこめられている。彼らは知るだろう。魔弾世界の人々を愛する、優しい神の存在を。それこそがどんな神の権能でも起こすことのできぬ奇跡なのだ」

目を丸くする創造神に、俺は笑いかける。

「奇跡がこの世にあるのなら、多少の効率を気にかけるのは馬鹿馬鹿しい」

僅かな沈黙の後、ふんわりと彼女は微笑んで、

「あなたは、ミリティアとアベルニユーが言った通りの人」

そう、独り言のように言った。

「あなたは――」

エレネシアはまっすぐアノスを見つめた。

その神眼にて、彼の深淵を覗き込むように。

「あなたの前世はセリス・ヴォルディゴードではなかったか？」

思わぬ問いを向けられ、俺は一瞬答えに詰まった。

そして、思い返す。創造神エレネシアは彼女の世界に生きた父、セリス・ヴォルディゴードとともに戦った戦友なのだ、と。

「……父の名だ」

すると、エレネシアは再び驚いたように目を丸くした。

「彼は今？」

「元気にしているぞ。お前と会ったときの記憶はおろか、ミリティア世界での記憶も失われているがな」

「よかった」

彼女はほっと胸をなで下ろす。

そうして、真摯な表情を浮かべ、こう言った。

「かつての彼に預かったものを返したい」

と――。

§61.【価値】

パブロヘタラ宮殿。購買食堂『大海原の風』。

「ええええええ――――――、ミーシャちゃんとサーシャちゃんのお母様が会いに来るぅっ……!!」

話を聞くなり、母さんはそう大声を上げた。庭園で希望パンを食べていた学院同盟の生徒たちが、何事かとこちらを振り返る。

「落ち着け、イザベラ」

努めて冷静に父さんは言った。

「そ、それは、それはだな、あ、ああああああああアノスッ」

努めて冷静にはなりきれず、その声は震えに震えている。

「父さんも落ち着いた方がいい」

「お、おう……！」

すー、はー、と父さんは深呼吸をする。

「そ、それでだな……ミーシャちゃんとサーシャちゃん、二人と一緒に来るのか？」

「その方が話しやすいだろう」

父さんと母さんの顔に衝撃が走った。

「会いにくる理由が父さんたちにはわからぬと思うが、話せば少し長くなる」

「いや……」

真剣な表情で父さんは言った。

「返したいものがある……って、言わなかったか？」

意外な台詞だった。

「なぜわかったんだ？」

「……なんとなく、そんな気がした……そんな予感が……」

父さんに記憶はないはずだが、その心はなにかを覚えているのやもしれぬ。

これまでも、そうだったように。

「よし。わかった。大丈夫だ」

「それじゃ、おもてなしの準備をしないとね」

母さんが笑顔で言い、父さんは力強くうなずいた。

「ああ、そうだなっ！　とびっきり美味いパンを焼こうっ！」

「うんっ。お母さん、腕によりをかけて頑張っちゃう！」

父さんと母さんは唐突にやる気を見せ、いそいそとパンを焼く準備を始めた。

「来るのは夜だ。俺は所用がある」

そう踵を返すと、

「アノス」

父さんが俺の背中に声をかけてきた。

「父さんに任せとけ。絶対、大丈夫だ！」

親指をぐっと立てて、父さんは歯を光らせていた。ふむ。なんのことかわからぬが、まあ、いつものことだろう。

問題あるまい。

「行ってくる」

そう短く告げて、俺は庭園を後にした。

パブロヘタラ宮殿から外へ出ると、すぐに《転移》の魔法を使う。

転移した場所は、樹海船アイオネイリアの内部である。この船は現在、第四ハイフォリアの黒穹の隅に浮かんでいる。

仮面をつけ、二律僭主に扮する。そして、ゆっくりと樹海船を降下させていく。

二律僭主はパブロヘタラに対抗するため、その宮殿のある銀泡にこのアイオネイリアを置いていた。

これまでのところ、パブロヘタラの学院同盟は行き過ぎた決定を下そうとする場面もしばしばあった。

魔弾世界を牛耳っていた大提督ジジと神魔射手オードゥスはその最たるものだろう。

だが、決して話のわからぬ者ばかりではない。二律僭主はパブロヘタラのなにを最も警戒していたのか？

魔弾世界と二律僭主は戦ったことがある。順当に考えれば、序列一位であった魔弾世界を警戒していたのは間違いなさそうだ。

そして、その主神が力をなくした今、脅威は減ったはず。

しかし、どうもそうは思えぬ。

初めて銀水聖海に出たときに、俺が戦った二律僭主——根源はロンクルスのものだったが、彼は強かった。

大提督ジジに後れを取ることは、想像しがたい。二律僭主の敵は他にいた。そう思えてならぬ。

ロンクルスに聞こうにも、どういうわけか、《融合転生(ラドビリカ)》が一向に進む気配がない。今頃は話ぐらいはできるつもりでいたのだが、戦闘が続きすぎたのやもしれぬな。

短い間隔で大きな戦いが続き、俺の根源にも少なからずダメージを受けた。

災淵(さいえん)世界イーヴェゼイノの主神イザーク、隠者エルミデの絡繰神、そして大提督ジジ。

《融合転生(ラドビリカ)》の最中であるロンクルスにとっては、あまり良(い)い状況ではなかっただろう。

ただでさえ、俺の根源に適応するのに苦労していたようだしな。待っているだけではなく、なにか手を考えた方がいいやもしれぬ。

『ねえ。ちょっと！』

アイオネイリアの外から声が響く。

『ちょっと、入れてっ！　入れてよっ、ねえっ！』

結界の外に張り付いているのは、日傘を手にした少女――コーストリア・アーツェノンである。

彼女はガンガンと日傘で結界を叩いている。苛立ったのか、コーストリアは結界から少し離れた。そして、勢いをつけて飛ぶ。そのまま思い切り日傘を突き出す。

その瞬間、結界の一部に穴を空けてやれば彼女は勢い余って、ズドンッと地面に落下した。

樹海船の大地には大きな穴が空いている。

「こりぬな、コーツェ。少し待てば開くことはわかるだろうに」

「私が結界を叩く前に開けない方が悪い。絶対、気がついているくせに」

「そう殺気が丸出しでは、歓迎する者などいないぞ」

「なにそれ。むかつく」

苛立ったように言いながら、コーストリアはこちらに飛んでくる。

そうして、俺に手を伸ばして、要求した。

「《塡魔弾倉》。約束したのに、渡さないで帰った」

「お前が呼びかけても返事をせぬからだ。なにをしていた？」

「だって」

不服そうな顔で、コーストリアは俯き、二度地面をつま先で蹴る。

「主神と元首がやられたのに、魔弾世界の奴らはちっとも悔しそうじゃなかった。新しい創造神がつまんないこと言ってるのを真剣に聞いてて馬鹿みたい」

「つまらぬことか？」

「魔弾か月かなんてどっちでもいい。両方とも、ぶつければ死ぬでしょ」

嗜虐的な顔で彼女は言った。

「だが、お前はそれが欲しいのだろう？」

一瞬、きょとんとした表情を浮かべ、彼女はその義眼を俺に向けた。

「なにそれ？」

「お前はわからなかったのだ。魔弾か月か、創造神エレネシアの言葉をまるで理解できなかった。だが、あの世界の住人は皆、それを大切なことだと思い、真剣に耳を傾けていた。わからない自分が、仲間はずれにでもされた気分になったのだろう」

ムッとした表情で彼女は言い返す。

「そもそも魔弾世界は仲間じゃない。どうでもいい」

「どうでもよいことを殊更に馬鹿にしたりはせぬ」

コーストリアの言葉を、俺は即座に否定する。すると、ますます彼女の顔が怒りに満ちていく。

「まして、すねて出てこなくなるなど、悔しいと言っているようなものだ」

「私は悔しくない！」

「お前が他者を貶めたいのは、自分が持っていないものを持っている者たちが羨ましいからだ」

「小突かれただけで死ぬような奴らのなにが羨ましいの？」

今にも襲いかかってきそうな顔でコーストリアは言う。

「コーツェ、力がそんなにも必要か？」

「必要でしょ。だって、ないと舐められる。大提督が舐められなかったのは力があったからだし、それを倒したのは僭王の方が強かったから。強ければ、誰も私に文句を言えない」

「それが事実なら、お前は俺に逆らわぬはずだ」

一瞬、コーストリアは言葉に詰まる。

「別に……逆らってない……」

「口答えをしているだろう。お前の言っていることが正しければ、強者の言葉を素直に聞くはずだ」

コーストリアは無言で、ばつが悪そうにそっぽを向いた。

「どれだけ強くなろうと文句を言ってくる輩はいる。それにいちいち腹を立てるのは、お前が本当に欲しいものを手に入れていないからだ」

「じゃ……僭王は……」

顔を背けながら、それでも彼女は聞いた。

「私が、なにを欲しがってるって言うの……？」

「それはお前にしかわからぬ」

「なにそれっ、いい加減なこと言ってっ！」

「コーツェ、力など誰が見ても一目瞭然だ。戦ってみれば、どちらが強いかはわかる。だが、この海には、お前にしか価値のわからぬものがある。お前だけが大切に思うものがあるだろう」

怪訝な顔をするコーストリアに、俺は言う。

「それが、お前の言う『ざまあみろ』よりも上のことだ」

「……わかんない……言ってること」

「そうか」

そう応じれば、彼女はまたうつむいた。

しばらくした後、コーストリアは呟く。

「……もらえるなら、ぜんぶ欲しいけど……別に本当に欲しいものなんてない……」

「誰しも初めはわからぬものだ。己と向き合い、よく考えるがよい」

「……君は？」

コーストリアが俺に問う。

「僭主は……なにがあるの……？　ざまあみろより上のこと……」

「ふむ。そうだな」

一瞬考えると、彼女は妙に真剣な眼差しでこちらを見てきた。

「お前のように食らうことしか知らぬ獣が、アーツェノンの滅びの獅子と呼ばれ、銀水聖海の災厄として、多くの者に忌み嫌われている。滅ぼせば、それが平和か？」

「平和でしょ」

「違う。滅ぼさずに済む道へ進むこと、それこそが平和だ」

「滅ぼさなかったら、滅ぼされるでしょ。銀水聖海じゃ、弱い者は強い者に奪われるだけ。パブロヘタラだって綺麗事を言いながら、泡沫世界の火露を奪ってる。ハイフォリアだって、やってることは変わんない。この海は浅い方から深い方に沈むようにできてるんだから」

「その理を変えればいい」

　思いも寄らぬ答えだったか、コーストリアが絶句する。

「それが俺の求めるものだ」

「……そんなの、どうやって手に入れるの……？」

「さて、そう簡単には手に入らぬな。だからこそ、求める価値がある」

　俺は魔法陣を描き、そこから《塡魔弾倉》を取り出した。

「約束のものだ。持っていけ」

《塡魔弾倉》を差し出すが、コーストリアは受け取ろうとしない。

ただじっとうつむいたまま、沈黙を続けている。

「どうした？」

「……なんでもない……」

　コーストリアは《塡魔弾倉》を手にすると、そのまま何も言わず、飛び去っていった。

§ エピローグ 【～両家顔合わせ～】

　その夜――

　二律僭王の扮装（ふんそう）を解き、俺はパブロヘタラ宮殿に戻ってきた。

　その足で中庭に移動すれば、購買食堂『大海原の風』で待っていたのは、きっちりと正装した父さんと母さんであった。

　屋台のテーブルには、白いテーブルクロスがかけられ、燭台（しょくだい）や花瓶などが置かれている。料理の準備は万全のようで焼けたパンの香ばしい匂いが漂っていた。

「その格好は？」

「そりゃ、ミーシャちゃんとサーシャちゃんのお母様に会うんだから、失礼のないようにしないとな」

　そう父さんが言った。

「そういえば、聞き忘れちゃってたけど、お母様のお名前は？」

　母さんが聞いてくる。

「エレネシアだ」

「……エレネシアって、確か魔弾世界の……？」

　父さんと母さんもしばらくパブロヘタラで過ごしている。燦死王がバラまいている魔王新聞にも目を通しており、銀水聖海の知識はそれなりに持っている。

「創造神だ。あの世界には今、主神と元首はいないが、他の世界に対しては彼女がその代わりを務めることになるだろう」

　俺が説明すると、

「そ、創造神……」

　ごくりと父さんが唾を飲み込む。

「じゃ、サーシャちゃんとミーシャちゃんは、魔弾世界の……」

母さんは緊張の面持ちで、父さんの方を向く。

「神様の家のところのお姫様的な……？」

恐る恐るといった調子で父さんが言う。

多少の誤解と混乱が見られるようだ。

「神族に姫という概念はない。ミーシャもサーシャも、俺たちと同じミリティア世界の住人だ」

「なっ！　ということは……!?」

今度はなにを考えたのか、父さんが衝撃を受けたようにあんぐりと口を開いている。

「アノス」

背中から声をかけられる。

振り向けば、やってきたのは創造神エレネシアとミーシャ、サーシャだった。

「よくぞ来た」

俺はそう言って、父さんと母さんを手で指し示し、紹介した。

「我が父グスタと母イザベラだ」

「私は魔弾世界の創造神エレネシア。どうぞお見知りおきを」

父さんはビシッと気をつけをして、勢いよく頭を下げた。

「ち、父ですっ！　ふつつかものですが、末永くよろしくお願いしますっ！」

父よ。嫁にいくのか？

だが、すぐにフォローをするように母さんがにっこりと笑った。

「エレネシアさん、どうぞ座ってください。ミーシャちゃんもサーシャちゃんも。美味しいパンを焼いたの。みんなで一緒に食べましょう」

「はいっ！」

と、なぜか父さんが返事をしている。

どうやら、いつになく緊張しているようだ。

「父さん。硬くならなくても大丈夫だぞ」

すると、父さんは俺と肩を組んで、小声で耳打ちした。

「心配するな、アノス。父さんしっかりやるからな。こう見えて、父さんは百戦錬磨なんだ」

まるで歴戦の傭兵の如く、父さんはキザに言った。

「両家顔合わせって奴はな」

それが百戦錬磨では、むしろ問題がありそうだ。

セリス・ヴォルディゴードのこんな姿は、エレネシアも見たことがなかっただろう。

彼女の方に視線を向ければ、

「ふふっ」

ふんわりと笑っていた。

「よかった。あなたの戦いが報われて」

彼女は言った。

「グスタ。今日はあなたに返したいものがあってきた」

するると、父さんの表情が引き締まる。

「身に覚えはないと思うけれど」

エレネシアは自らの胸に手をかざした。

彼女の根源の内部から、紫電が走り、丸い塊が現れた。

それは凝縮された雷の魔法珠(まほうじゅ)――《滅紫の雷眼(めっしらいがん)》である。

「受け取ってほしい」

父さんがその魔法珠に目を向けた。

すると、魔法珠が淡い紫色に光り輝く。それと共鳴するように、父さんの根源が光を放ち、

そしてその目に紫電が走った。

魔眼を持たぬはずの父さんの目が、滅紫に染まっていく。

父さんはすっと手を前に出し、

「今はまだそのときじゃない」

達観した表情でそう言った。

まるで父、セリス・ヴォルディゴードのように。

「……どういうこと？」

「息子のためだ」

父さんは言う。

エレネシア世界の父は、完全な転生はできず、力と記憶が失われることがわかっていた。

だからこそ、それを転生前に信頼できるものに預けたのだ。

つまり、今の父さんには、前世の記憶が……？

「……あなたが最後のヴォルディゴードではなくなったことに、関係が？」

エレネシアははっとしながら、そう尋ねた。

神妙な顔で、父さんはうなずく。

「息子を最後のヴォルディゴードにしないためだ」

エレネシア世界で、父セリスは最後のヴォルディゴードと呼ばれていた。

連綿と受け継がれてきたこの血統と、そして滅びの根源に関わることか？

「それは？」

真剣な面持ちで、エレネシアは問う。

「確かに、娘二人を一緒にもらっていくという男を、親として認めるわけにはいかない気持ちはよくわかる」

流れが変わった。

「そこでアノスは考えた。娘二人をもらうのは無理だから、自分が婿に行けばいいんじゃないかと！」

「アノスちゃんって、優しいから！」

母さんの援護射撃が入った。

「だが、親としてはそういう問題じゃない！　娘二人を一緒にもらおうなんていう婿は願い下げ！　だから、今日、返しにきた！　慰謝料代わりに、その宝石を持って！　そういうことでしょう、エレネシアさんっ！」

完全に父さんだ。父セリス・ヴォルディゴードの記憶は微塵もない。

「グスタ。どうか聞いてほしい。あなたは誤解をしている」

「いいや！」

エレネシアはそう言ったが、負けじと父さんも言った。

「確かに俺は勘違いしやすいタチだし、お世辞にも出来がいいとは言えないかもしれない！　だけど、これだけは、アノスのことだけはよくわかっているつもりですっ！」

止まらない暴走列車のような勢いで父さんがまくしたてる。

「こいつはびっくりすることをする奴ですが、いつも本気なんですっ！　いつだって本気で、娘さん二人と向き合ってきました！　アノスはいつだって公平に、サーシャちゃんとミーシャちゃんに接して、いつも口癖のように言ってました！」

父さんは切実な表情で、真剣極まりない顔で、真摯な思いの丈を吐き出した。

「『二股だからといって、純愛でないと思ったか？』って……！」

言っておらぬ。

「そういう奴なんですっ！　嘘のつけないまっすぐな奴で、でも、どんなに不可能だって思えることも、最後は必ずやり遂げるんです。ミリティア世界を救ったのもこいつで、今回の《銀界魔弾》のこともそう。何度も奇跡を起こして……だから、きっと……！」

父さんは勢いよく頭を下げる。

「お願いしますっ、エレネシアさん！　今すぐ認めてくださいとは言いません。こいつにチャンスをやってくださいっ！　もう少しだけ、こいつの頑張りを見てやってください！　お願いしますっ！」

エレネシアは父さんの勢いに圧倒され、半ば呆然としている。

「……なにが魔弾で、なにが満月なのか。それは人によって変わるもの」

沈黙の後、エレネシアはそう切り出した。

「なにが純愛で、なにが二股なのか。それは誰にもわからない」

「さすがにわかるでしょ……」

「お母さん……」

サーシャとミーシャが、過酷な日々を経て達観しすぎた母の考えにぽつりと呟く。

第二魔王ムトーは彼女にとって理解しがたい価値観を持っていた。

だからこそ、わけのわからぬ父さんの主張にもついていくことができるのだ。

「この子たちは元々一人なのだから、片方だけでは純愛には足りないと思ったのかもしれない」

「それじゃっ……」

期待に満ちた眼差しで父さんはエレネシアを見た。

「あなたは覚えていないと思うけれど、かつてエレネシア世界でわたしたちはともに戦った。これはそのとき、あなたから預かったもの。返すあてのなかったはずの――わたしたちの絆の証明」

魔法珠をエレネシアはそっと父さんに手渡した。

「あなたの戦いが、今、このときの幸せに移り変わったことを誇りに思う。そして――」

エレネシアは母さんを見た。

「あなたの献身がここに実ったことを誇りに思う」

母さんはきょとんとした顔で彼女を見返した。

「不思議ね。前にどこかで会ったような気がするわ、エレネシアちゃんとは、あ……」

恥ずかしそうに母さんは手を振った。

「ご、ごめんなさい……！」

「いいえ。そう呼んでくれて構わない」

「ほんとっ？」

エレネシアは静かにうなずく。ぱっと表情を輝かせ、母さんは言った。

「よかったぁ。アノスちゃんはすぐ大きくなっちゃったから機会がなかったんだけど、わたし、ママ友が欲しかったの！」

「私の娘たちも、転生した今は十五歳、赤子のようなもの」

そうエレネシアが口にすれば、

「そりゃ神族としてはそうでしょうけど……」

「お母さん……」

サーシャとミーシャがまたしてもぽつりと呟いている。

「というか、その魔法珠って、お父様の前世の前世……？　の記憶が残ってるはずよね？　なにも思い出さないのかしら？」

サーシャがそう言って、父さんを見る。

「………思い……出した……！」

父さんは魔法珠をぐっと握る。

バチバチと紫電が溢れだしていた。

「父さんも、パパ友が欲しかったんだ……っ！」

「だめみたいね……」

サーシャがぼやくように言う。

「力を完全に失うのは父も想定外だっただろうからな。まあ、なにかの条件でその魔眼が今の体に馴染むかもしれぬ」

第二魔王ムトーが自らの根源に魔法を施したように、父セリス・ヴォルディゴードもなにかしらのきっかけで発動する魔法を遺していてもおかしくはない。

父は可能性を具現化する魔法を操ったのだ。ムトーより、多くの可能性に備えることができたはずだ。

「焦ることはない。食事にしよう」

「ん」

俺たちはテーブルにつき、母さんと父さんの焼いたパンや料理を食べた。

セリス・ヴォルディゴードとして、エレネシアと盟約を交わし、平和のために戦った父さん。

ルナ・アーツェノンとして、エレネシア世界を訪れ、彼を支えた母さん。

二人の行く末を世界の終わりまで見届けた創造神エレネシア。

積もる話はあったはずだが、今、その記憶が二人にはない。

けれども、

「エレネシアさんって、ご趣味は？」

「……世界観察……」

「ふふふっ、素敵ね。どこが見どころなのっ？」

「魔弾世界は、雨が決まった時刻に降る。でも、実はほんの数秒ズレるときがある。その数秒に雨の個性が出る」

「わかるっ！　アノスちゃんもね――」

けれども――今、とりとめのない話に花を咲かせる三人の姿は、決して訪れるはずのない日を夢見て戦った彼らが、確かに勝ち取ったものだった。

了

あとがき

本章の舞台となった魔弾世界は、効率を最重要視する世界ということで考えました。

仕事や勉強など様々な場面で、効率良くするということはとても有意義なことだと思いますし、私もなるべく効率良くできるように努めています。

同じ商品を買うんでしたら安い方が良く、同じ時間を働くんでしたら給料は高い方が良く、職場は近い方が良く、業務フローは最適化されているのが望ましいです。

効率が良いということは良いことですが、それでも、なにもかも効率が良ければいいというわけではないんじゃないかな、とそんな風にも思います。

仕事をしなければいけないのに、ついついネットを見てしまうという経験が私もありますが、どう考えても無駄としか思えない、そんな非効率なことが、とても楽しく、そして実は一番大切なことなのかもしれません。

効率良くすることが最高に楽しいという方は中にはいらっしゃるかとは思いますが、多くの人にとってはそうではないでしょう。それでも、沢山の人がコストパフォーマンスやタイムパフォーマンスを意識して生きています。

私が思うに、みんな自分にとって一番大切な無駄を楽しむために、その他のことは効率良くしたいのではないでしょうか。もしかしたら、考えるまでもなく当たり前の結論だったのかもしれませんが、はっとするような気づきを覚えたのですよね。

誰もが求めているのは効率を超えたとても素敵な無駄で、そのために様々なことを効率良く処理しているのでしょう。そんなことを考えながら書いた本章でした。

さて、今回もしずまよしのり先生には大変素晴らしいイラストを描いて頂きました。

また担当編集吉岡様には大変お世話になりました。この場を借りて、お礼申し上げます。

最後に、本作を読んでくださいました読者の皆様に心よりお礼を申し上げます。本当にありがとうございます。

そろそろ魔王学院もシリーズ全体として佳境に入ってきました。残すところ数章といったところかと思います。こんな風に終われたらいいなというのは大体決めていまして、そこまで頑張って書いていければと思います。

ぜひぜひ、アノスたちが行く末を見守ってくださいましたら、こんなに嬉しいことはありません。それでは、また次巻で。

二〇二三年一一月二一日　秋

●秋著作リスト

「魔王学院の不適合者 ～史上最強の魔王の始祖、転生して子孫たちの学校へ通う～ 1～14〈下〉」(電撃文庫)

「魔法史に載らない偉人 ～無益な研究だと魔法省を解雇されたため、新魔法の権利は独占だった～ 1～3」(同)

本書に対するご意見、ご感想をお寄せください。

ファンレターあて先
〒102-8177　東京都千代田区富士見2-13-3
電撃文庫編集部
「秋先生」係
「しずまよしのり先生」係

本書は、「小説家になろう」に掲載された『魔王学院の不適合者　～史上最強の魔王の始祖、転生して子孫たちの学校へ通う～』を加筆・修正したものです。
※「小説家になろう」は株式会社ヒナプロジェクトの登録商標です。

電撃文庫

魔王学院の不適合者14〈下〉

～史上最強の魔王の始祖、転生して子孫たちの学校へ通う～

秋

2024年1月10日　初版発行
2024年5月5日　4版発行

発行者　山下直久
発行　株式会社KADOKAWA
〒102-8177　東京都千代田区富士見2-13-3
0570-002-301（ナビダイヤル）

装丁者　荻窪裕司（META＋MANIERA）
印刷　株式会社KADOKAWA
製本　株式会社KADOKAWA

●お問い合わせ
https://www.kadokawa.co.jp/（「お問い合わせ」へお進みください）
※内容によっては、お答えできない場合があります。
※サポートは日本国内のみとさせていただきます。
※Japanese text only

※定価はカバーに表示してあります。

ISBN978-4-04-915123-7　C0193　Printed in Japan

電撃文庫　https://dengekibunko.jp/

電撃文庫DIGEST　1月の新刊

発売日2024年1月10日

86―エイティシックス―Ep.13
―ディア・ハンター―

著／安里アサト　イラスト／しらび
メカニックデザイン／I-Ⅳ

共和国避難民たちは武装蜂起を決行し、一方的に独立を宣言。鎮圧に駆り出されたのはシンたち機動打撃群で……一方ユートはチトリを連れ、共和国へ向かう。そして、ダスティンは過去と現在の狭間で苦悩していた。

新作　私の初恋は恥ずかしすぎて誰にも言えない

著／伏見つかさ　イラスト／かんざきひろ

女子にモテモテのクール少女・楓は恋をしたことがない。そんな楓はある日、息を呑むほど可愛い女の子と出逢う。人生初のときめきに動揺したのも束の間、麗しの姫の正体はアホで愚かな双子の兄・千秋だったぁ!?

新作　ほうかごがかり

著／甲田学人　イラスト／potg

よる十二時のチャイムが鳴ると、ぼくらは「ほうかご」にとらわれる。そこには正解もゴールもクリアもなくて。ただ、ぼくたちの死体が積み上げられている。恐怖と絶望が支配する"真夜中のメルヘン"解禁。

魔王学院の不適合者14〈下〉
～史上最強の魔王の始祖、転生して子孫たちの学校へ通う～

著／秋　イラスト／しずまよしのり

魔弾世界で大暴れするアノス。それを陽動に魔弾世界の深部へ潜入したミーシャとサーシャの前に、創造神エレネシアが姿を現す——第十四章《魔弾世界》編、完結!!

いつもは真面目な委員長だけどキミの彼女になれるかな?2

著／コイル　イラスト／Nardack

映像編集の腕を買われ、陽都は後輩（売れない）アイドルの「ＪＫコンテスト」を手伝うことに。けど吉野さんも一緒なら、初のお泊まり——合宿も行ける!?　だがＪＫコンには、陽都の苦い過去を知る人物もいて……。

不可逆怪異をあなたと2
床辻奇譚

著／古宮九時　イラスト／二色こぺ

異郷の少女・一妃。土地神となった少年・蒼汰。二人は異界からの浸食現象【白線】に対処しながら、床辻の防衛にあたっていた。そんな中、蒼汰の転校が決定。新しい学校では、土地神の先輩・墨染雨が待っており——。

勇者症候群3

著／彩月レイ　イラスト／りいちゅ

精神だけが《勇者》の精神世界に取り込まれてしまったカグヤ。心を無くした少女を護り、アズマたちは《勇者》の真相に立ち向かう——！

ツンデレ魔女を殺せ、と女神は言った。2

著／ミサキナギ　イラスト／米白粕

ツンデレ聖女・ステラの杖に転生した俺。二年生へ進級したステラは年に一度の『聖法競技会』に臨むことに！　優勝候補・クインザに対抗するため、俺（杖）は水の聖法を操るクーデレ美少女・アンリの勧誘に乗り出す！

少年、私の弟子になってよ。3
～最弱無能な俺、聖剣学園で最強を目指す～

著／七菜なな　イラスト／さいね

ラディアータとの約束を果たすため、頂へ駆け上がる識。ついに日本トーナメントへ出場！　しかし、聖剣"無明"の真実が白日の下に晒されてしまい!?　聖剣剥奪の危機を前に、師弟が選んだ道は——。

新作　放課後、ファミレスで、クラスのあの子と。

著／左リュウ　イラスト／magako

なんとなく家に居づらくて。逃げ込むように通い始めたファミレスで、同じ境遇の同級生・加瀬宮小白と出逢った。クラスメイトは知らない彼女の素顔が、彼女と過ごす時間が、俺の退屈な日常を少しずつ変えていく——。

新作　彼女を奪ったイケメン美少女がなぜか俺まで狙ってくる

著／福田週人　イラスト／さなだケイスイ

平凡な俺の初カノは"女子"に奪われました。憎き恋敵はボーイッシュな美少女・水嶋静乃。だけど……「本当の狙いはキミなんだ。私と付き合ってよ」　ってどういうこと!?　俺は絶対に落とされないからな！

新作　セピア×セパレート
復活停止

著／夏海公司　イラスト／れおえん

３Dバイオプリンターの進化で、生命を再生できるようになった近未来。あるエンジニアが〈復元〉から目覚めると、全人類の記憶のバックアップをロックする前代未聞の大規模テロの主犯として指名手配されていた——。

新作　【恋バナ】これはトモダチの話なんだけど　～すぐ真っ赤になる幼馴染の大好きアピールが止まらない～

著／戸塚 陸　イラスト／白蜜柑

悩める高二男子・瀬高蒼汰は、幼馴染で片思い相手・藤白乃愛から恋愛相談を受けていた。「友達から聞かれたんだけど……蒼汰ってどんな子がタイプなの？」まさかそれって……